GAGNE!

Jacques Lindecker

Opération oxygène

POCKET
jeunesse

Loi n° 49 956 du 16 juillet 1949 sur les publications destinées
à la jeunesse : octobre 2004.

ISBN 2-266-14342-5

Gagner, marquer des buts,
espérer, travailler, rêver...
c'est tout ça, le foot. Et plus encore.

Tu es partant ?
Alors accompagne Martin
sur le terrain
et partage avec lui ses tracas
et ses grandes joies.

1
La belle vie ?

C'est Billy qui a crié le premier.

— Là, le panneau ! La Grande-Course ! On y est !

Enfin ! Ça faisait six heures que nous nous traînions dans ce bus. Six heures que nous avions quitté Montfarny, La Charmille, notre centre de formation. Il était temps que cette excursion vers l'inconnu s'achève. Quand monsieur Raymond nous avait annoncé que, pour commencer l'année, nous partions pour une semaine, il nous avait seulement donné le nom de notre destination. Rien de plus.

La Grande-Course. J'en avais tellement entendu parler. Ma mère achetait chaque lundi un magazine qui parlait de la vie des stars... et les vedettes, justement, passaient leurs vacances ici. Dans cette station au bord de la Méditerranée, où d'étranges immeubles en forme de tonneau ou de pyramide côtoyaient les maisons traditionnelles. Ça donnait un curieux mélange, mais bon, on ne me demandait pas mon avis...

— Trop classe ! s'est encore exclamé Billy, tandis que nous ne répondions rien, bouche bée.

Les yeux rivés aux vitres du car, nous ne pouvions qu'admirer ce qui défilait devant nous. De gigantesques palmiers bordaient des avenues d'une propreté impeccable. Le long des trottoirs stationnaient des voitures plus rutilantes les unes que les autres. Que de la marque. Et, entre deux bâtiments, un immense embrasement rose orangé : le soleil couchant. Le spectacle était grandiose. Je n'avais jamais rien vu d'aussi éclatant.

J'ai jeté un coup d'œil à monsieur Raymond. Il se délectait de notre bonheur. Il arborait son célèbre petit sourire en coin, celui que les journalistes de la télévision se disaient incapables de déchiffrer. Moi, Martin Leroy, j'en connaissais la signification : notre coach était en train de nous mener en bateau, à sa manière. Comment ? Je n'en avais pas la moindre idée.

Le bus s'est arrêté sous le porche de ce qui allait être notre hôtel pour une semaine, le Santa Monica.

Dominique Pierretard, notre préparateur physique, a tapé dans ses mains.

— Tout le monde descend !

En fait d'hôtel, j'aurais dû parler de *palace*. L'endroit était d'un luxe ! Deux lions de pierre à l'air menaçant entourés de colonnes de marbre flanquaient une immense porte coulissante qui ouvrait sur un hall gigantesque. Je crois qu'on aurait pu y faire tenir les tribunes d'un stade.

Je me tenais là, le nez en l'air, quand je me suis rendu compte que j'avais oublié de prendre mon sac dans la soute à bagages. J'ai voulu revenir sur mes pas pour le récupérer...

Monsieur Raymond m'a pris le bras.

— Inutile. Un porteur s'en occupe.

Un porteur ? Pour mes affaires ? Pince-moi, je rêve ! Pour une fois, les stars, c'étaient nous. Accueillis comme des rois dans un authentique paradis. Notre troisième et dernière année de formation à La Charmille démarrait en beauté.

— Tu crois qu'on va devoir faire le ménage pour payer le séjour ? a plaisanté Fabrice. Sérieux, je me demande ce que ça cache, ce cadeau de folie.

— Je suis comme toi. J'attends la suite...

Nadir n'était pas aussi méfiant que nous.

— Arrêtez de vous prendre la tête, les mecs ! Profitez de la vie. Cool !

Il avait sans doute raison, mais je connaissais trop bien monsieur Raymond pour baisser ma garde.

Soudain, un terrible fracas a retenti à l'autre bout du hall. Je me suis retourné... Benoît mort – et cramoisi – de honte se dandinait d'un pied sur l'autre parmi les débris d'un vase qu'il venait de casser. Benoît le maladroit avait encore frappé. Une habitude chez lui. Un verre qui se brise, une assiette qui vole, un plat qui se renverse, un flacon de shampoing qui s'ouvre dans un sac... on peut être sûr que Benoît rôde dans les parages ! Le pauvre ! Il souffre de sa maladresse, mais il n'existe aucune méthode pour lui apprendre à s'en corriger.

Deux employés se sont précipités dans sa direction... Il allait prendre un de ces savons ! Eh bien, pas du tout. Ils ont balayé dare-dare les éclats de porcelaine. En moins de deux, les dégâts étaient nettoyés, réparés, et l'incident oublié. Si notre coach semblait bouillir de colère, les gens de l'hôtel, eux, étaient impassibles. Calmes, souriants, aimables, ils passaient de l'un à l'autre pour nous distribuer les clés des chambres.

— Halte-là ! s'est emporté monsieur Raymond. C'est à moi de le faire. Tous en salle de réunion !

Une salle de réunion ? Où ça ? Il en avait de bonnes ! Il se croyait encore à La Charmille ?

Là encore, une charmante demoiselle est venue à la rescousse :

— Veuillez me suivre, je vais vous conduire à la salle Émeraude. Ce sera votre lieu de rendez-vous habituel durant toute cette semaine.

La salle Émeraude était à des kilomètres... L'hôtel était encore plus vaste que je ne le pensais. Nous avons suivi un véritable dédale de couloirs. J'aurais dû, comme le Petit Poucet, semer des cailloux pour retrouver mon chemin. Nous sommes passés devant des portes qui, toutes, portaient un nom de pierre précieuse : Rubis, Saphir, Diamant, Lapis-lazuli... Émeraude ! Objectif atteint !

La salle était entièrement vitrée, avec vue sur la mer. Et quelle vue ! Les vagues chatouillaient le sable, des enfants jouaient au cerf-volant, construisaient des châteaux, des adultes manœuvraient d'étranges engins à roulettes et à voile... Je serais bien allé les rejoindre. Je me sentais des fourmis dans les jambes, je brûlais d'envie d'aspirer un grand bol d'air pur.

— Installez-vous, a ordonné monsieur Raymond.

J'ai compris qu'il me fallait remettre mon projet à plus tard. La plage m'attendrait...

Je me suis assis, attentif à ne pas perdre une miette du discours de notre directeur.

— Comme vous l'avez peut-être deviné, a-t-il commencé, le Santa Monica est un centre de remise en forme, l'un des plus célèbres en France. Un cadre sublime, des installations ultramodernes, une cuisine de très haute qualité. Bref, tous les ingrédients réunis pour former de futurs champions.

— Ah ! c'est ça, votre semaine ! s'est écrié Édouard. De la thalasso !

— En effet, la thalassothérapie fait entre autres partie des choses dont vous allez profiter. Les soins seront dispensés le matin et l'entraînement reste fixé l'après-midi. Le football demeure notre priorité.

— Et l'école ? s'est inquiété Julien.

— Pas de cours cette semaine. La classe reprendra à notre retour à La Charmille avec vos professeurs...

Il n'a pas pu terminer sa phrase. Un énorme hourra s'est élevé parmi nous. Décidément, ce séjour se présentait sous les meilleurs auspices.

Monsieur Raymond a attendu que notre enthousiasme retombe pour ajouter :

— Ne vous réjouissez pas trop vite. Le programme est chargé. Cependant, je vous l'accorde, il est certainement plus facile de travailler dans un cadre pareil.

— Au fait, votre thalasso, c'est pas pour les femmelettes ? a râlé Gus. J'ai vu un truc à la télé, des bonnes femmes enrobées de boue, le visage couvert de tranches de concombre, et qui payaient une fortune pour ça.

— Ah oui ? a rétorqué le coach. On en reparlera dans quelques jours.

2
Au lit !

Jusqu'à l'heure du dîner, nous avons parcouru les couloirs de l'hôtel en tous sens, émerveillés. Nous nous sommes enfoncés dans la moquette, aussi épaisse et moelleuse qu'un matelas de plume... Nous nous sommes adressé des grimaces dans des miroirs de la taille de buts de foot... Nous avons fait du trampoline sur des canapés super rembourrés...

— Venez voir ! Il y a même des machines à sous ! s'est écrié Abacar.

Mais un écriteau nous a barré la route : *Interdit aux moins de dix-huit ans*. Aïe.

— On s'en fiche, a grommelé Édouard. Le client est roi. Et puis, personne ne va nous arrêter. On fait rien de mal.

Au fond, il avait raison. Pour une fois que nous n'avions pas monsieur Raymond sur le dos ! Le temps de vérifier que la voie était libre... et nous avons pénétré dans la salle de casino. Rien n'y manquait, comme dans les films : un cliquetis incessant, des clignotements de toutes les couleurs, des habitués totalement concentrés sur leurs machines. Et, soudain, un fracas assourdissant, le bruit d'une avalanche de pièces, le miracle sous forme de fontaine : le signe qu'un joueur venait de gagner. J'imaginais que cela ne devait pas arriver souvent.

Malgré tout, j'enviais ces joueurs. J'aurais aimé prendre leur place, oh, juste quelques instants, pour éprouver l'excitation de l'espoir. Mais je n'avais pas d'argent.

Nous étions tous plantés là, les yeux ronds, la bouche ouverte, quand un colosse en costume cravate a surgi devant nous en rugissant :

— Eh, les morveux ! Vous ne savez pas

lire ? Interdit aux moins de dix-huit ans ! Déguerpissez !

— Eh là ! s'est énervé Gus. Comment qu'il nous parle ! Tu sais pas à qui tu as à faire ? On t'a pas prévenu ?

— Si, justement. Vous êtes les stagiaires de La Charmille. En ce moment, vous devriez être en train de vous reposer dans vos chambres ou de vous doucher. Votre directeur a été très clair : si je vous surprends à traîner, je vous ramène par le col de votre survêtement dans vos piaules.

Il a pointé l'index sous le nez de Gus.

— Tu vas y aller tout seul, bien sagement, comme un grand... ou tu préfères que je t'aide ?

— Ça va, t'excite pas, a répliqué Gus. Tu pourrais faire preuve, disons, de souplesse à notre égard. Fermer les yeux, nous oublier cinq minutes, histoire qu'on s'amuse un peu.

— Et que je perde mon boulot ? Figure-toi, l'asticot, que mon job, j'y tiens. J'en ai pas d'autre, pigé ?

L'argument massue qui a cloué le bec à Gus. Tête basse, nous avons fait demi-tour, direction nos chambres.

J'ai glissé à Fabrice :

— La fête n'aura pas duré longtemps.

Il a sursauté, presque agacé.

— Martin ! Ce que tu peux être rabat-joie parfois ! Bon sang, regarde autour de toi. Pense à la chance qu'on a d'habiter ce palais. Le vigile, là, il ne faisait qu'appliquer les ordres. Pas de quoi se laisser démoraliser.

Il me tue, Fabrice. Quoi qu'il arrive, il ne considère que le bon côté des choses. Même quand il se chope une claque, une mauvaise nouvelle, une note catastrophique, il demeure hyper zen. Il déclare qu'il va essayer de comprendre pourquoi ça n'a pas marché, chercher le moyen de se débrouiller autrement... Il m'a expliqué que ce trait de caractère lui vient de son père qui parvient à rire de n'importe quelle tuile.

Moi, mon père n'est plus là pour me faire voir la vie en rose. Et ma mère, même si je l'aime beaucoup, est championne pour ce qui est de broyer du noir. Cela dit, je ne lui jette pas la pierre : ce n'est pas facile de se retrouver seule, à trente-huit ans, avec deux garçons à élever. Fabrice, lui, peut compter sur le soutien de sa famille. Se rend-il compte de la chance qu'il a ?

N'empêche, au dîner, sa bonne humeur s'était envolée. La mine maussade, il contemplait son assiette.

— Ils se croient dans *Blanche-Neige*, ou quoi ? a-t-il ronchonné. Ils nous prennent pour les sept nains ?

Il disait vrai. On venait de nous servir du sauté de veau aux légumes, un plat que j'adore... mais les portions étaient ridicules. Deux petits bouts de viande accompagnés de deux carottes minuscules, d'une pomme de terre miniature et de trois copeaux de céleri. Une ration de moineau. Absolument pas de quoi satisfaire mon appétit de jeune ogre.

— C'est pas assez, monsieur ! s'est exclamé Julien à l'adresse de notre directeur. Et je crois que les copains sont du même avis.

Un murmure d'approbation a parcouru la salle. Oui, c'était un régime de famine. Était-ce ainsi que l'on mangeait dans les hôtels de luxe ?

Le coach s'est levé avec une lenteur calculée, puis s'est essuyé soigneusement la bouche avant de prendre la parole :

— Remise en forme, ça signifie quoi, d'après vous ? Un petit footing pépère, un zeste de musculation, un quart d'heure de sauna ou de Jacuzzi, un passage entre les mains du masseur, et le tour serait joué ? Erreur, grave erreur. Ici, c'est du sérieux. À la fin de la semaine, je vous veux sans un poil de graisse, capables de vous défoncer non-stop durant les quatre-vingt-dix minutes d'un match. Et pour obtenir ce résultat, il va falloir faire des efforts. Beaucoup d'efforts. Quand je vois comment certains d'entre vous sont revenus de leurs vacances avec des kilos en trop, je me dis qu'il faut agir, et vite.

— Mais on sera morts de faim avant d'arriver au top ! a crié Billy, affolé.

— Oh, arrête, je vais pleurer ! a raillé le coach. Le chef du Santa Monica est un professionnel. Lui et moi vous avons concocté un régime spécifique qui vous apportera au gramme près la ration quotidienne de calories dont vous avez besoin.

Voilà qui nous changeait des portions de

Mme Yvonne à La Charmille. Jamais elle n'aurait laissé l'un de ses protégés se lever de table avec un creux à l'estomac. Elle nous servait et nous resservait. Il fallait quelquefois la supplier de réduire les parts. Nous avions été témoins de plusieurs disputes entre elle et monsieur Raymond à ce sujet.

Je me suis penché vers Fabrice :

— Tu imagines, si Mme Yvonne était là ? Elle en serait sens dessus dessous. Elle ferait un de ces scandales...

— Et elle n'aurait pas tort...

Dès la fin du repas, nous avons inauguré un nouveau sport : la chasse à ceux qui dissimulaient des réserves de nourriture dans leur sac. Ils n'étaient pas nombreux : Édouard, le chouchou de ses parents, qui le gavaient de sucreries ; Bébert qui, par peur de manquer, prenait ses précautions ; Félix, Stéphane et Damien. Cinq pour seize affamés.

Cinq qui, subitement, se retrouvaient très entourés. Cinq qui devenaient à l'instant les meilleurs amis du monde.

Par chance, Bébert m'aime bien. Il m'a

donné une barre chocolatée, que j'ai engloutie en moins de temps qu'il ne faut pour l'écrire. Hélas, à peine la dernière miette avalée, la faim était de retour. Encore plus féroce qu'avant. Du coup, quand monsieur Raymond a lancé un tonitruant « Au lit ! », je n'ai pu que hausser les épaules à l'adresse de Fabrice et soupirer :

— Alors, j'avais pas raison ? La fête est finie...

— Mouais. Allons nous coucher.

Nous avions été répartis par chambres de deux. J'avais évidemment choisi de partager celle de Fabrice. Nous allions pouvoir discuter pendant des heures, complices comme d'habitude.

J'avais tout faux.

On nous a fichu la paix pendant dix minutes. Grand maximum. Puis, sans crier gare, Édouard, Nadir et Félix ont fait irruption, enfonçant presque la porte, bousculant tout sur leur passage, arrachant nos draps, renversant nos lits, vidant le contenu de nos sacs.

Le temps de nous remettre de notre surprise, de tenter de les arrêter... ils avaient disparu.

Mon premier réflexe a été de les poursuivre pour me venger, mais Fabrice m'a retenu.

— Laisse tomber...

— Mais je vais quand même pas me laisser faire sans réagir !

Du couloir provenaient des cris furieux, un drôle de remue-ménage. On entendait courir dans tous les sens. Visiblement, nos assaillants avaient décidé de saccager toutes les chambres. La curiosité et la colère me poussaient dehors. Puis, la voix tonitruante de monsieur Raymond a fait taire le vacarme. Fabrice avait raison – il valait mieux rester en dehors de la mêlée afin d'éviter les ennuis.

— On refait nos lits ?

— D'accord.

J'en ai profité pour ranger mes vêtements dans l'armoire, ce que je n'avais pas encore fait. Ça m'a bien calmé. Nous étions sur le point de nous rendormir, au chaud sous nos couettes, quand quelqu'un a gratté à notre porte.

— Quoi encore ? s'est énervé Fabrice.

C'était Nadir. Il avait le culot de repointer son nez !

Fabrice s'est redressé, l'œil mauvais :

— Qu'est-ce que tu veux ? T'as pas assez fichu le souk ?

— Si on peut plus se marrer...

— Moi, ça m'a pas fait rire...

— Désolé, alors. Mais je venais pas pour ça. Y a un gros problème.

— Lequel ?

— Joe a disparu.

3

Du vague à l'âme

— Disparu ? s'est exclamé Fabrice. Qu'est-ce que tu racontes ? Il doit être quelque part dans l'hôtel.

— Je crois pas, je l'ai cherché partout. Il est introuvable.

— T'en as parlé au coach ?

— T'es dingue ou quoi ? Tu crois que le vieux est pas assez remonté contre moi, après le bazar qu'on a mis ? Tu veux que je me fasse virer ?

— Hmm, t'as peut-être raison. Attends, je me rhabille, on va aller fouiner ensemble. Tu viens avec nous, Martin ?

J'ai haussé les épaules. Évidemment que je venais ! Pour qui me prenait-il ? Il savait bien que, dès que l'un des membres de la chambre Zidane, notre chambre à La Charmille, était en danger, les trois autres unissaient leurs forces pour voler à son secours.

En deux temps, trois mouvements, j'étais fin prêt, jean, sweat-shirt et baskets, déterminé à passer au peigne fin les moindres recoins du Santa Monica et à régler mon pas sur celui de mes camarades.

— On s'organise comment ?

— On se partage le terrain. Y a le rez-de-chaussée, avec le restaurant et les installations de remise en forme, et deux étages de chambres et de salles de réunion. On est trois, ça fait un étage chacun.

— OK. Nadir, tu fouilles le rez-de-chaussée. Martin, tu t'occupes du premier, moi, du second. Rendez-vous dans un quart d'heure dans notre piaule. Compris ?

Au moins, avec mes copains, ça ne traînait pas. Tant mieux. Chaque minute qui passait accroissait notre inquiétude. Quelle mouche avait piqué Joe ? Lui était-il arrivé quelque chose de grave ? Il était si mystérieux. Qu'est-ce qui avait pu lui passer par la tête ?

Une chose était certaine : s'il tombait entre les pattes de monsieur Raymond, il risquait de sacrés ennuis. Je me souvenais du cauchemar qu'avait vécu Nadir après avoir insulté Mme Boulanger, la prof de français. Nous avions dû remuer ciel et terre pour empêcher le renvoi de notre copain. Plus têtu que le coach, tu meurs. Autant ne pas lui donner d'autres occasions de se fâcher...

Il fallait donc faire vite. Je me suis précipité au premier et j'ai commencé à en arpenter les interminables couloirs. Rien. Personne. Le silence et l'absence. Où était passé Joe ? Je me suis mis à réfléchir. À essayer de me glisser dans sa peau...

C'était mal le connaître que de l'imaginer terré dans un coin. Joe était un esprit libre, le plus libre d'entre nous. Il aimait vivre cette liberté, s'isoler et s'évader. Inutile de le chercher à l'intérieur de l'hôtel. J'en étais à présent persuadé : Joe s'était enfui, avait fugué. Pour grappiller quelques minutes de liberté, il avait bravé l'interdiction de sortir. Il était parti à la conquête de La Grande-Course.

Il fallait que je prévienne dare-dare Nadir et Fabrice. J'ai tourné les talons... et heurté de plein fouet la masse énorme de monsieur Raymond.

— Eh bien, Martin, qu'est-ce que tu fais ici ? Tu n'es pas censé dormir ?

Je suis d'abord resté coi, au bord de la panique, incapable de fournir la moindre explication. Le coach a froncé les sourcils.

— Tu as perdu ta langue ? Tu ne dois pas avoir la conscience bien tranquille...

Il fallait que je trouve une excuse, un mensonge, n'importe quoi... Ah, voilà :

— Je crève de soif ! Il n'y avait pas grand-chose dans l'assiette, mais qu'est-ce que c'était salé... Je cherchais de l'eau.

— Tu n'as qu'à boire au lavabo de ta chambre !

— C'est de l'eau potable ?

Monsieur Raymond est parti d'un grand éclat de rire.

— Bien sûr, triple idiot ! Qu'est-ce que tu crois ?

— C'était juste une question.

— Passons. Je vais faire semblant d'avaler ton bobard. File avant que je ne change d'avis.

Je ne me le suis pas fait dire deux fois. J'ai détalé aussi sec, oubliant même de lui souhaiter une bonne nuit. J'avais eu chaud !

Je suis arrivé hors d'haleine au rendez-vous. Fabrice et Nadir affichaient une mine d'enterrement. Ils étaient revenus bredouilles. Je les ai rassurés :

— Vous en faites, une tête ! Il n'y a pourtant pas de quoi.

Fabrice n'a pas caché sa surprise :

— Ah oui ? Parce que toi, tu as réussi à mettre la main sur Joe ? Tu le caches où ? Dans ton dos ?

Il a feint de me bousculer pour regarder derrière moi avant de ricaner :

— Je ne vois personne. Martin, je te savais pas cachottier à ce point. Dépêche-toi de me livrer ton secret. Je brûle d'impatience !

J'ai laissé planer un bref silence.

— Venez, ai-je commandé.

Dociles, ils m'ont emboîté le pas. Pour moi, le plus urgent était de sortir du Santa Monica pour chercher Joe dans les alentours.

Nous ne sommes pas allés très loin. Le hall de l'hôtel était surveillé par le gardien de nuit. J'ai chuchoté à mes compagnons :

— Pas question de passer devant lui. Qui sait s'il n'irait pas tout raconter à monsieur Raymond ?

— Mais pourquoi on sortirait ? s'est étonné Fabrice.

— Parce que Joe est dehors.

— Comment tu le sais ?

— Fais-moi confiance.

— Admettons. Mais on fait comment, monsieur-je-sais-tout ?

Nadir avait la solution :

— On retourne dans la chambre et on saute par la fenêtre.

Je me suis alarmé :

— T'es marteau ! C'est trop haut !

— On n'a qu'à nouer les draps ensemble pour en faire une corde. À l'aller, on se laissera glisser. Au retour, on grimpera.

— J'espère qu'ils seront assez solides.

De toute manière, nous n'avions guère le choix. Aussitôt dit, aussitôt fait. Pour la deuxième fois de la soirée, nous avons défait nos lits. Nous avons serré les nœuds un max et tiré au sort celui qui s'élancerait le premier.

Le hasard a désigné Nadir.

Nous avons retenu notre souffle tandis qu'il descendait. La manœuvre s'est parfaitement déroulée. Fabrice a suivi, puis moi. Un jeu d'enfant.

Une fois dehors, nous avons observé un temps d'arrêt. La pleine lune baignait le paysage d'une lumière extraordinaire. On y voyait comme en plein jour. Il régnait une ambiance de mystère, de magie et d'enchantement. J'ai adoré.

La plage commençait à quelques mètres. Et, là-bas, au loin, au bord des vagues qui jouaient leur petite musique de nuit, se tenait une silhouette familière : Joe. J'avais vu juste.

Nous nous sommes approchés. Joe était assis en tailleur sur le sable. On aurait dit un sage hindou, absorbé dans une profonde méditation. Personne n'a osé lui parler. Les mots auraient détruit le calme ambiant. Je me sentais tout bizarre.

Il fallait pourtant le faire rentrer. Fabrice lui a délicatement posé la main sur l'épaule. Aucune réaction. Nadir a toussé. Rien. Je l'ai appelé :

— Joe...

Toujours rien. Ça devenait inquiétant. Qu'était-il arrivé à notre camarade pour qu'il ne reconnaisse même pas ses copains ?

Fabrice s'est décidé à hausser le ton :

— Tu ne vas pas passer la nuit à...

Joe a mis l'index sur sa bouche en murmurant :

— Chuuut.

Sa réplique nous a paralysés. Que faire ? Je me suis dit que ce qui avait marché avec Nadir et Fabrice pouvait resservir avec lui.

— Viens, ai-je dit.

Et, miracle, il s'est levé, mi-robot, mi-somnambule, et nous a suivis. J'aurais aimé qu'il nous raconte sa fugue, qu'il nous donne ses raisons, mais je ne me sentais pas de taille à lui demander des explications. À briser ce moment si fragile. C'était trop tôt.

Dans l'immédiat, l'essentiel était qu'il accepte de grimper le long de notre corde de fortune et réintègre son lit. Le plus discrètement possible...

4
Aux petits soins ?

Au réveil, personne n'aurait pu deviner notre aventure nocturne. Seul le sable dans nos baskets aurait risqué de nous trahir. Ainsi que le manque de sommeil qui me donnait envie de me pelotonner sous ma couette et de me rendormir.

À peine levé, je me suis précipité dans la chambre voisine, impatient d'entendre le récit de Joe.

Il n'était pas dans son lit !

Passé le premier moment de frayeur, j'ai été rassuré par le sourire de Nadir.

— C'est Joe que tu cherches ? Déstresse, mon pote, il est sous la douche.

Le bruit de l'eau dans la salle de bains me l'a confirmé : Joe se lavait des émotions de la veille. Je pouvais ranger notre escapade au rayon des souvenirs. Bons ou mauvais ? Un peu des deux.

Le petit déjeuner allait-il me permettre de combler le gouffre qui s'était creusé dans mon estomac ? Pas vraiment. Le buffet, quoique très alléchant, n'offrait rien qui pût tenir au corps : fruits, yaourts, pétales de maïs, biscottes... Ni œufs, ni fromage, ni petits pains. De quoi se régaler... sans se goinfrer.

En revenant du petit déj, quelle n'a pas été notre surprise d'apercevoir, sur chacun de nos lits, un peignoir en éponge blanc !

— C'est un cadeau ? m'a demandé Fabrice.

— Aucune idée.

Heureusement, Dominique est venu à notre secours :

— Vous mettrez ce peignoir chaque matin pour le programme de soins. En dessous, vous ne porterez qu'un maillot de bain et des sandales en plastique. Rien d'autre.

En voilà une tenue originale ! Juste le

temps de se brosser les dents et, hop ! l'heure de la réunion du matin avait sonné. Enfin, nous allions connaître le programme de ces fameuses journées de remise en forme.

En fait de réunion, nous avons découvert sur l'un des murs de la salle Émeraude un grand tableau qui indiquait pour chacun de nous les heures de passage aux différents soins. Dans mon cas, l'emploi du temps était le suivant :

MARTIN LEROY

9 h 30 : bain de boue ;
10 heures : douche au jet ;
10 h 30 : massage ayurvédique ;
11 h 30 : kokyu ;
12 heures : déjeuner ;
14 heures : entraînement.

Je suis tombé des nues.

— Qu'est-ce que c'est que ce chinois ? me suis-je exclamé au milieu des cris de surprise.

— Je crois que tu te trompes de pays, a plaisanté Dominique. Le massage ayurvédique est issu de l'ayurvéda, une méthode de médecine douce indienne, pas chinoise.

— C'est ça, c'est ça. Et le kokyu ?

— Ce sont des techniques de respiration japonaises. Tu vois, toujours pas de Chine à l'horizon.

— Arrêtez de faire le malin...

Nadir, hors de lui, a hurlé :

— Qu'ils comptent pas sur moi pour me vautrer dans la boue. Faudrait être malade pour accepter un truc pareil !

— Je crains que tu n'aies pas le choix, est intervenu monsieur Raymond. Ces traitements sont obligatoires. D'ailleurs, le personnel vous attend de pied ferme. Il va être aux petits soins pour vous, vous allez en raffoler...

Aux petits soins, tu parles ! La barbe, oui ! Un bain de boue ! Non mais, quelle idée ! Je refusais d'être comparé à un hippopotame. Il paraît que ces grosses bêtes adorent se rouler dans la gadoue. Elles m'avaient bien fait rire lors de ma dernière visite au zoo. Aujourd'hui, ça ne m'amusait plus du tout. Et, à l'évidence, mes copains n'appréciaient pas davantage.

Fabrice, Julien, Benoît et moi avons poussé sans conviction la porte de notre salle de torture. Il y régnait une chaleur étouffante. Au milieu de la pièce entièrement carrelée, nous avons aperçu un bassin rempli d'une masse verdâtre. Ou brunâtre. De la boue. Une dame en blouse blanche nous a accueillis avec un sourire radieux.

— Vous pouvez suspendre vos peignoirs à ces crochets, nous a-t-elle dit.

Ça commençait bien. Je devais me mettre tout nu. Si j'avais l'habitude de le faire dans les vestiaires ou sous les douches à La Charmille, je me sentais drôlement gêné de m'exhiber devant une inconnue. Pour Fabrice et compagnie, ce devait être pareil.

La dame en avait vu d'autres.

— Allez, allez, pas de manières avec moi ! Je sais comment un garçon est fait, j'en ai deux de votre âge. Dépêchez-vous de vous déshabiller. Pour profiter au mieux du bain, il faut y rester au moins vingt minutes. Inutile de perdre du temps...

Il y avait cinq marches à descendre pour se plonger dans l'horrible magma. Fabrice, Benoît, Julien et moi nous faisions des politesses à n'en plus finir. « Après toi ! » « Non, toi d'abord ! »

Julien a pris son courage à deux mains et, sur le bout du bout des orteils, est entré dans l'infâme bouillasse. J'en avais la chair de poule. Il n'y avait plus que sa tête qui dépassait...

— C'est génial ! Génial ! a-t-il braillé. Amenez-vous ! C'est hyper super, les potes !

Nous menait-il en bateau ou disait-il la vérité ? Du coup, ç'a décoincé Fabrice, qui nous a poussés en avant, Benoît et moi, en nous ordonnant :

— Allez, on y va ! On ne va pas en mourir, tout de même.

Je me suis laissé faire, mi-boudeur, mi-curieux. Quel effet ça faisait de mijoter à petit feu dans de la boue ? Maintenant, je le sais. Et je suis de l'avis de Julien : c'est génial ! J'ai eu l'impression de pénétrer dans un pot de mousse au chocolat réchauffée. C'était à la fois dégoûtant et délicieux.

Au bout d'un moment, la dame nous a ramenés à la réalité :

— Vous êtes bien tous les mêmes ! Une fois dedans, vous ne voulez plus en sortir. Dépêchez-vous ! Les suivants vont arriver d'ici quelques minutes.

Nous n'avions pas le choix. Il fallait obéir. Quitter cet endroit de rêve... J'ai mis autant de mauvaise volonté à sortir de la boue qu'à m'y enfoncer...

Le reste de la matinée s'est déroulé dans une bulle magique. Chaque activité nous a apporté son lot de bonne humeur, de bien-être et de détente. Même la douche au jet.

Fabrice m'a défié :

— T'es pas cap d'y aller le premier.

— Tu paries quoi ?

Je n'avais plus peur de rien. Cette douche était pourtant terrible – un canon qui vous bombardait d'eau chaude. Je me suis efforcé de ne pas trop brailler pour ne pas me couvrir de ridicule, mais ce n'était pas facile. Une tornade qui vous nettoyait de fond en comble des particules de boue collées au corps... et qui, bizarrement, vous laissait complètement relaxé, reposé, décontracté.

Ensuite, j'ai eu droit au fameux massage hindou. Après avoir enduit ses mains d'huile, une jeune fille a effleuré doucement, lentement, mon corps. Un pur délice ! J'ai fermé les yeux plus d'une fois.

En la quittant, j'avais le sentiment de planer, d'être un ange au paradis. Et ce n'était pas fini : j'ai terminé mon programme avec un vieux monsieur qui nous a appris à respirer par le ventre. Le fameux kokyu. En japonais, *ko* c'est l'expiration et *kyu*, l'inspiration. À plusieurs reprises, j'ai eu envie de rigoler, d'autant que Fabrice n'arrêtait pas de m'asticoter. Heureusement, j'ai réussi à me retenir.

Ce n'avait pas été le cas de tout le monde. Au déjeuner, Bébert m'a raconté que Billy s'était fait virer par le vieux sage.

— C'est pour ça qu'il fait la tête ?

— À ton avis ? Monsieur Raymond lui a sacrément remonté les bretelles...

Monsieur Raymond. Je l'avais oublié, celui-là, après la fabuleuse matinée que je venais de vivre. J'aurais volontiers fait un détour par ma chambre pour une petite sieste, histoire de rêvasser encore un peu. Mais, avec l'entraînement, l'heure du retour sur Terre avait sonné.

Le stade se trouvait à une centaine de mètres du Santa Monica. Très pratique.

Dès l'échauffement, il a été clair que mon corps ne voulait plus entendre parler d'efforts. Autour de moi, la même catastrophe. Notre équipe de futurs pros du football faisait peine à voir : des éponges, des mollusques, des mollassons. Nous payions au prix fort tous les bonheurs du matin. À force d'avoir été relaxée, la machine refusait de démarrer.

Nadir a essayé d'amadouer le coach :

— Pitié, monsieur, on n'en peut plus !

— Inutile de gémir, a répliqué monsieur Raymond, agacé. Je sais très bien ce qui vous arrive. Ça fait partie du stage : relâchement d'abord, tension ensuite. Idéal pour progresser, paraît-il.

Je n'en étais pas convaincu, mais je n'avais pas le pouvoir de le faire changer d'avis. Il avait ses plans, à nous de les subir.

Les vacances étaient bel et bien terminées.

Pendant tout l'après-midi, et jusqu'à l'épuisement, il nous a fait courir d'un bout à l'autre du terrain, commençant par des exercices sans ballon, avant de s'attaquer aux jonglages individuels, puis aux mouvements collectifs : appels de balle, coups francs, une-deux dans la surface de réparation, corners, repli défensif, et j'en passe.

À un moment, trois filles sont passées le long du stade. Elles n'ont pas cessé de nous observer. À tel point que Fabrice s'est mis à les siffler et à les apostropher :

— Ça vous dirait, un petit dribble avec moi ? leur a-t-il proposé.

Elles ne lui ont pas répondu. Monsieur Raymond, lui, n'a pas loupé l'occasion.

— Dis donc, Fabrice, je croyais que tu étais fatigué ? Tu vas me faire cinq séries de quinze pompes, puisque tu pètes la forme. Je parie que ça plaira à ces demoiselles...

5
Bagarre générale

J'ai bien cru que Fabrice n'allait jamais se relever. Écroulé sur l'herbe, il subissait en plus les moqueries des filles. Même s'il ne se privait pas pour leur répondre vertement, j'étais mal pour lui.

Heureusement, monsieur Raymond a sifflé la fin des hostilités.

— Allez, tout le monde à la douche !

Oh non ! Pas encore ! Après le lavage carabiné du matin, ça commençait à faire beaucoup. Moi qui n'appréciais déjà pas beaucoup l'eau, je frisais l'indigestion.

Je me suis penché pour aider Fabrice à se remettre debout, tout en tentant de lui remonter le moral :

— Courage ! Bouge-toi ! Songe que notre supplice est terminé pour aujourd'hui.

— J'espère, a-t-il soufflé. Qui sait quelle mauvaise surprise le coach nous garde encore en réserve !

— N'exagère pas ! Tu parles comme si c'était un monstre. D'accord, il y a été un peu fort avec toi, mais là, je suis sûr de moi. Direction les trois D.

— Les trois quoi ?

— Les trois D ! Douche, dîner, dodo.

J'étais super content de ma trouvaille. Fabrice a hoché la tête, sceptique. Il n'avait plus la force de sourire.

Eh bien, je me suis planté. Une quatrième lettre allait se glisser au milieu des trois D. « P » comme Promenade. « P » comme... Patatras !

Mon petit doigt m'a alerté dès que monsieur Raymond a réclamé le silence dans le vestiaire.

— Vous avez bien travaillé cet après-midi, a-t-il dit. Vos efforts méritent une récompense.

Tous ont dressé l'oreille. Les derniers qui se séchaient ont stoppé net leurs gestes.

— Je me suis demandé ce qui pourrait vous faire plaisir. Et j'ai trouvé. Une fois le dîner terminé, je vous convie à une balade dans les rues de La Grande-Course. Une sortie exceptionnelle !

Après ma douche chaude, sa proposition m'a fait l'effet d'une... douche froide. En temps normal, j'aurais été ravi d'explorer la ville que j'avais tellement vue à la télé, et qui avait même servi de décor à de nombreux films. Mais j'étais trop épuisé pour me réjouir de l'aubaine. Et je n'étais pas le seul.

— C'est obligatoire ? s'est inquiété Bébert.

La question a pris le directeur de court. Il attendait des bravos et des hourras. Quant à nous, nous n'avions qu'une seule envie : filer au lit. La consternation s'est lue sur son visage.

— Oui, a-t-il ronchonné. Rendez-vous à vingt heures précises dans le hall de l'hôtel.

Sans ajouter un mot, il a tourné les talons et a claqué la porte. Nous l'avions vexé.

— J'y arriverai jamais ! s'est lamenté Fabrice. Je suis nase de chez nase !

— Quelle chochotte ! s'est enflammé Nadir. Oublie un peu tes jambes et pense avec tes yeux. On va s'en mettre plein les mirettes.

— Si tu le dis...

Dès lors, le groupe s'est scindé en deux camps – celui des mécontents et celui des contents. Chacun tentait de convaincre l'autre bord. Ça piaillait à qui mieux mieux, tant sur le trajet de retour au Santa Monica que durant le dîner. On aurait dit une volière.

Faut-il le préciser ? Je faisais partie des râleurs. N'empêche : quand il a fallu se préparer, j'ai retourné mon armoire de fond en comble pour dénicher mes plus beaux jean et tee-shirt. Fabrice, pareil.

C'est le moment qu'a choisi Dominique pour faire irruption dans notre chambre.

— Enlevez-moi ça ! a-t-il ordonné. Vous devez porter le survêtement de l'équipe. Ordre de monsieur Raymond.

— Quoi ? Vous plaisantez ?

Inutile de discuter, Dominique avait déjà pris la poudre d'escampette.

D'habitude, nous étions fiers d'arborer le maillot de notre club. Dans n'importe quel stade. Mais pas ici. Pas devant les filles de La Grande-Course. Pas devant les touristes. Et surtout pas devant leurs appareils photo !

Avec son ordre, le coach venait de réussir l'exploit de nous unir... contre lui. À vingt heures tapantes, dans l'entrée de l'hôtel, tous les élèves de La Charmille faisaient grise mine. Monsieur Raymond a piqué sa crise :

— Qu'est-ce qui se passe ? Vous êtes superbes et on dirait que vous vous rendez à un enterrement !

— Ouais, de première classe, m'a glissé Fabrice à l'oreille.

— Que dis-tu, Fabrice ? a grincé monsieur Raymond.

— Euh, rien, monsieur. C'est juste la fatigue, a menti mon copain. Faut pas nous en vouloir.

— Admettons... Allons, un peu de nerf ! Voici de quoi profiter de la soirée !

Joignant le geste à la parole, il a extirpé de sa poche une liasse de billets.

— Dix euros à chacun. De quoi vous acheter une glace, faire un tour d'autotamponneuses, que sais-je... À vous de choisir, à condition que vous restiez groupés.

À ces mots, j'ai tordu le cou en direction de Joe. Comme je le pensais, il n'avait d'yeux que pour la plage. Il voulait y retourner. Pour lui, rester avec les autres relevait du cauchemar. Je ne sais pas si tous les gardiens de but sont de la même trempe que le nôtre, mais Joe éprouve souvent le besoin de s'isoler... alors que le foot lui impose de fonctionner constamment en équipe. Plutôt coton, comme vie.

Je me suis penché vers Fabrice :

— Va falloir surveiller Joe. À mon avis, il ne va pas tarder à nous fausser compagnie.

— T'as raison. Ouvrons l'œil. Faudrait pas que ça devienne une manie chez lui...

— Tu parles de qui, là ?

Joe nous avait rejoints sans que nous y prêtions garde. Que lui répondre ? J'ai essayé de noyer le poisson.

— Oh, de personne en particulier.

Mais Fabrice n'était pas d'humeur à tourner autour du pot.

— On parlait de toi, Joe. On te voyait lorgner vers la plage. Si tu pouvais nous éviter une nouvelle panique, ce serait sympa.

— OK. Je ne vous quitte pas d'une semelle. Promis.

Rassurés, nous nous sommes mis en route avec le reste de la bande. Nous longions le bord de mer, où s'alignaient des cabanes en bois dans lesquelles des artisans vendaient leurs produits – tableaux, bijoux, poteries. Il y en avait pour tous les goûts. De délicieuses odeurs s'échappaient de certaines échoppes. Sucré ou salé, on n'avait que l'embarras du choix. Avec le régime du Santa Monica, mon estomac criait famine. Je n'ai pas tardé à craquer et je me suis offert une gaufre au chocolat et à la chantilly. Je m'en suis mis partout – sur la figure, sur la veste de mon survêtement...

Julien s'est moqué de moi :

— On dirait un clown blanc !

La plupart ont voulu s'essayer au tir, en dégommant des ballons. Il y avait une horrible poupée rose à gagner, mais personne n'y tenait. Pas de risque : nous étions trop maladroits pour remporter le lot.

Je ne sentais plus la fatigue. L'ambiance était géniale... jusqu'à ce qu'une fille se plante devant Fabrice et s'exclame, l'index pointé dans sa direction :

— C'est lui, je le reconnais !

Aussitôt, plusieurs malabars ont entouré mon copain, l'air menaçant.

— Alors, c'est toi le morveux qui se permet de charrier ma meuf ? a dit l'un d'eux.

Sans attendre la réponse, il a saisi Fabrice par le col et l'a soulevé du sol. Fabrice, au bord de l'asphyxie, a tenté de se défendre.

— À moi ! a-t-il balbutié.

Nadir a été le premier à réagir. Il s'est jeté sur nos agresseurs, la tête en avant, les poings serrés. Joe a suivi, puis Gus, Luis, et bientôt tout le groupe. Évidemment, en face, ils ne sont pas restés les bras croisés. Ils ont répliqué en cognant sec. La mêlée est devenue générale. Des étals se sont renversés. Des cris fusaient de partout. Je n'avais jamais vécu une telle bagarre. Je me suis pris plusieurs coups qui font mal, à la mâchoire, dans le ventre, dans un tibia, mais j'y suis retourné, oubliant la douleur.

Je devais laver l'honneur de Fabrice, lui porter secours, nous sauver tous.

Monsieur Raymond et Dominique se sont à leur tour lancés dans la bataille. Mais pas pour y participer. Pour tenter de séparer les combattants. Peine perdue. À deux contre vingt-cinq, ils ne faisaient pas le poids.

Puis tout s'est arrêté sur une exclamation :

— Les flics ! On se disperse !

Nos adversaires ont disparu aussi subitement qu'ils étaient apparus. C'était fini. Ouf ! Grâce à qui ? À la police.

6
Mauvaise affaire

Le coup de folie s'est arrêté trop vite. Je me sentais vaguement K-O. Je me suis assis pour reprendre mes esprits. Autour de moi, chacun comptait ses plaies et ses bosses, époussetait son survêtement. Les policiers ont interrogé les témoins. Tout le monde s'est mis à parler en même temps. Moi, j'essayais de mettre de l'ordre dans mes pensées. Pas facile avec le tohu-bohu autour.

Une femme a pris monsieur Raymond à partie :

— Il faut que vous répariez les dégâts.

Je l'ai reconnue. C'est la dame qui m'avait préparé ma gaufre. J'ai jeté un œil vers sa boutique. En effet, il y avait de la casse. Le panneau des prix avait volé en miettes, les pots de confiture étaient renversés, des bris de verre traînaient par terre. D'autres commerçants se sont joints à la discussion. Un concert de plaintes et de vociférations :

— Et mes poteries ? En mille morceaux !

— Ces voyous m'ont éventré deux peintures !

— En tout cas, vous ne partirez pas d'ici avant de nous avoir remboursés !

Petit à petit, un cercle s'est formé autour de notre directeur. J'ai eu l'impression que les marchands allaient finir par l'étouffer. Visiblement, ils tenaient un coupable, ils ne voulaient pas le lâcher. Incroyable : c'était celui qui avait tout fait pour que la bagarre cesse qui se retrouvait au banc des accusés !

— Mais..., a braillé quelqu'un, je vous reconnais ! Vous êtes monsieur Raymond, l'entraîneur de Montfarny !

— Au moins, a ajouté un autre, on est sûrs qu'il a l'argent pour payer. On sait ce qu'ils gagnent, dans le foot. Des euros comme s'il en pleuvait.

— Sans compter les pubs et son salaire à la télé, quand il commente les matchs. On a mis la main sur un millionnaire.

J'assistais au procès d'un innocent. Heureusement, le coach a de la ressource ! Il n'est pas du genre à se laisser faire. Quitte à gratifier la foule d'une de ses colères légendaires.

— Ça suffit !

Il a hurlé si fort, de sa voix tonitruante, que les gens ont reculé d'un bon mètre. Il a continué :

— Retenez-moi ou je ne réponds plus de rien ! Le prochain qui me calomnie, je le pulvérise ! C'est compris ?

Face à la menace, un étrange silence est tombé sur l'assemblée, entrecoupé de quelques cris de mouettes. J'ai observé mes camarades. Quinze statues. Chacun retenait son souffle... Puis un policier a pris la parole :

— Allons, allons, calmez-vous.

Il a posé la main sur le bras de monsieur Raymond. En dépit de sa mine grave, on avait l'impression qu'il réprimait un sourire à grand-peine. Pourquoi ? Peut-être parce qu'il venait de rencontrer une personne célèbre et que ça l'amusait. Non, il devait être habitué, avec le défilé des stars chaque été à La Grande-Course. Il s'agissait donc d'autre chose... Mais quoi ? Cela resterait son secret.

— Vous allez nous suivre au commissariat, a-t-il dit.

Encore énervé, monsieur Raymond s'est dégagé violemment.

— Il n'en est pas question ! Je dois ramener mes élèves à notre hôtel. Je ne veux plus entendre parler de cette lamentable affaire. Nous n'y sommes pour rien.

— Je ne dis pas le contraire. Mais je dois faire mon rapport. Comprendre comment les événements se sont enchaînés, établir les responsabilités des uns et des autres.

— Des uns et des autres ? Mais, bon sang, je ne vais pas vous le répéter cent fois : nous n'y sommes pour rien ! C'est nous les victimes, point final !

Un grand éclat de rire a retenti. Tout le monde s'est tourné vers l'origine du bruit. Il provenait de l'homme qui avait le premier reconnu monsieur Raymond.

— Ah, laissez-moi rire, monsieur-le-grand-manitou-du-foot ! Des victimes, vos gars ? Mais regardez-les ! Est-ce qu'ils ont une tête de victime ?

En un quart de seconde, nous sommes devenus le centre de l'attention générale. On nous détaillait de la tête aux pieds. Moi qui ai horreur qu'on me regarde ! Le spectacle ne devait pas être génial avec nos nez en compote, nos yeux au beurre noir, nos survêtements tachés...

— Je vous en prie, a repris le policier à l'adresse de notre directeur, ne me compliquez pas la tâche. Tout ce que je vous demande, c'est de venir vous expliquer en compagnie de deux de vos jeunes. Le reste de l'équipe pourra rejoindre l'hôtel. Il y a bien un autre adulte pour les escorter, non ?

Le coach était coincé. Oui, Dominique pouvait nous ramener. Autant mettre un terme à cette soirée pourrie. Et le plus rapidement possible.

Le policier avait gagné. Monsieur Raymond nous a lancé :

— Qui est volontaire pour m'accompagner ?

Alors là, je lui souhaitais bon courage ! Après les émotions que nous venions de vivre, ajoutées aux fatigues de la journée, nos lits étaient plus que jamais l'objectif numéro un. Et la perspective de visiter un commissariat n'était guère réjouissante.

— Moi, monsieur !

Je n'en croyais pas mes oreilles ! Quelqu'un venait de s'avancer. Quelqu'un que je connaissais très, très bien.

Fabrice !

J'ai essayé de le retenir :

— Qu'est-ce qui te prend ? T'as perdu la boule ?

— Laisse tomber, Martin. Je sais ce que j'ai à faire. C'est quand même un peu à cause de moi que tout cela est arrivé. Si je ne m'étais pas moqué des filles, elles n'auraient pas cherché à se venger.

— Mais c'est elles qui ont commencé !

— Tout juste. Je dois raconter ça aux policiers.

Trop contents de la décision de Fabrice, les autres se sont détournés de nous et ont pris la direction du Santa Monica. Ne restaient avec nous que les fidèles, Nadir et Joe.

J'étais écartelé. Ma tête me commandait de rentrer me coucher. Mon cœur me murmurait de suivre Fabrice. J'hésitais, j'hésitais...

Le policier piaffait d'impatience.

— Alors ? Qui sera le troisième ?

Je me suis entendu lui répondre :

— Moi.

— T'es sûr ? a insisté Joe. Tu veux pas que j'y aille ?

— Non, t'inquiète. Rends-moi seulement un petit service.

— Tout ce que tu voudras, mon pote.

— Dis bonne nuit de ma part au marchand de sable. Je crois que je le verrai pas de sitôt.

Il a souri.

— Compte sur moi. C'est le genre de chose où je suis imbattable.

On s'est tapé dans la main et je les ai vus, Nadir et lui, disparaître dans la nuit, avalés par l'obscurité.

Fabrice, monsieur Raymond et moi sommes montés dans le fourgon de police.

Pour la première fois de ma vie, j'allais subir un interrogatoire.

— Je me demande si c'est comme dans les feuilletons, m'a chuchoté Fabrice.

— Moi aussi. Tout ce que je souhaite, c'est que l'épisode se termine par un happy end.

7
Martin la carpe

À l'entrée du commissariat, une pendule indiquait minuit. J'ai pensé : « Minuit, l'heure du crime. » En temps normal, la remarque m'aurait amusé. Mais là, je n'avais pas le cœur à la rigolade. Je tremblais. Non pas de froid. Bien au contraire, ce début septembre était très doux. Non, j'avais peur, voilà pourquoi. Peur de l'inconnu, peur de ne pas être à la hauteur, peur... qu'ils me gardent.

Pourtant, je n'avais rien à craindre. J'étais innocent, comme l'agneau qui vient de naître. Et, d'ailleurs, on ne me reprochait rien. Du moins pour l'instant.

Les choses se sont précipitées. En un clin d'œil, j'ai été séparé de Fabrice et de monsieur Raymond et je me suis retrouvé dans un bureau du premier étage. Un jeune policier en chemise bleue m'y attendait.

— Ferme la porte et assieds-toi, m'a-t-il dit aimablement.

Tout en lui respirait la gentillesse. Son sourire, ses yeux, son geste de la main. Je me suis méfié. « Il veut m'amadouer, me suis-je dit. Eh bien, s'il croit que je vais me laisser prendre à son petit jeu, il se trompe. » Je n'ai pas bougé. Figé dans mon coin, apparemment prêt à bondir en cas de danger.

Il a insisté :

— Approche-toi, je ne vais pas te manger.

Je me suis avancé, d'une démarche de robot. Je ne me souvenais pas d'avoir jamais été aussi tendu. Peut-être avant le coup d'envoi de la finale des moins de seize ans, l'année précédente.

Je me suis installé en face de lui, une fesse au bord de la chaise. Pourquoi m'étais-je proposé pour accompagner Fabrice ?

Il a fait quelque chose de bizarre. Il s'est levé... et m'a tendu la main.

— Bonjour... ou plutôt, bonsoir. Je suis l'agent Mandry. Et toi, comment t'appelles-tu ?

— Euh... Martin. Martin Leroy.

Je lui avais à peine donné mon nom que je me suis mordu la langue. Quel idiot je faisais ! Ou plutôt, quel naïf ! Il me pose une question, et hop ! je réagis au quart de tour ! Je fonce tête baissée dans le panneau, sans même me demander ce qui se cache derrière. Je devais à tout prix rester sur mes gardes.

— Bien, Martin, a-t-il enchaîné, je constate que tu es décidé à collaborer. Parfait. Au travail !

Il a ouvert un nouveau fichier sur son ordinateur et m'a regardé droit dans les yeux. Sérieux, sérieux.

— Je vais faire appel à ta mémoire. Peux-tu me raconter cette bagarre ? Comment elle a commencé. D'où sortait l'autre bande, etc. Tout ce dont tu te souviens. Sans rien inventer.

Inventer ? Je n'avais pas l'habitude d'inventer. Pour qui me prenait-il ? Pour un menteur, c'est ça ? D'un coup, il ne m'était plus du tout sympathique. En plus, des éclats de voix me parvenaient du couloir. Monsieur Raymond, à l'évidence, ne décolérait pas. À vue de nez, ça se passait mal entre lui et la police. Il ne leur lâchait rien. Moi, pareil. On allait voir ce qu'on allait voir.

À mon tour, j'ai fixé des yeux l'agent Mandry. Je l'ai défié, toute ma peur oubliée.

— Je n'ai rien à vous dire, lui ai-je lancé.

Il en est resté baba. Ah ! Il ne s'attendait pas que je résiste ! Puis il s'est ressaisi :

— Non mais, tu as vu l'heure ? On ne va quand même pas y passer la nuit. Qu'est-ce qui te chiffonne ? Qu'est-ce qui t'empêche de parler ? Tu as promis quelque chose à tes copains ? Ils t'ont menacé ?

Oh ! la la ! Qu'allait-il chercher ? N'importe quoi ! J'ai desserré les dents pour lui demander d'arrêter de délirer, mais je me suis ravisé. Muet comme une carpe, Martin. Muré dans le silence.

Il s'est fâché :

— Tu veux jouer au malin ? Tu as envie de dormir en cellule, histoire de t'éclaircir les idées ? No problem. Je n'ai qu'à claquer des doigts et on t'y emmène. Tu verras comme c'est chouette d'être enfermé avec des ivrognes, des crapules, des drogués.

Aïe, je ne l'avais pas sentie venir, celle-là. J'ai tenté de me rassurer – il bluffait, il n'avait certainement pas le droit d'emprisonner un mineur. Mais au fond, je dois bien l'avouer, je n'étais plus si sûr de moi.

Sans attendre ma réaction, il s'est levé et a entrebâillé une porte, qui devait donner dans le bureau d'à côté.

— Hé, Fred ! Tu peux venir, s'il te plaît ?

Le dénommé Fred n'a pas tardé.

— Qu'est-ce qu'il y a ?

— Comment ça se passe, avec le tien ? J'en tire rien, du mien, pas un mot.

— Avec le Fabrice ? Impeccable. J'ai tous les détails. Je dois même le freiner tellement il est bavard.

— OK, merci.

— Pas de quoi.

Fred est reparti, me laissant seul avec mon tortionnaire... et avec la bombe qu'il venait de faire exploser : Fabrice s'était mis à table ! Le monde s'écroulait, la terre s'ouvrait sous mes pieds, mon meilleur ami venait de me trahir.

— Allons, ne fais pas cette tête-là, a repris l'agent Mandry. Je devine ce que tu éprouves. Ce n'est jamais agréable de tomber de haut. Mais essaie de comprendre : je ne te demande pas de me révéler des secrets d'État. Juste de me raconter une bagarre.

Je ne savais plus quoi faire, j'étais perdu. Dans un sens, moi aussi j'avais envie de déballer à quelqu'un ce qui nous était arrivé. Fabrice n'avait sans doute pas pu se retenir. Mais j'avais également ma fierté. J'avais choisi de ne pas parler, je ne pouvais pas revenir en arrière.

Le policier a interrompu le cours de mes réflexions :

— Je te laisse cogiter. Je vais fumer une cigarette.

Je n'étais pas mécontent de son départ. Pendant quelques minutes, j'allais pouvoir relâcher la pression, me détendre. Enfin, pas tant que ça... je percevais de nouveau des bribes de conversation en provenance du couloir. Suffisamment pour aiguiser ma curiosité, pas assez pour saisir ce qui se disait...

Quand Mandry est revenu, j'ai pris soin de ne pas le regarder. Pour ne pas lui donner d'espoir. Pour bien lui montrer qui était le plus fort.

Lorsqu'il s'est installé à son bureau, il arborait, à ma grande surprise, un petit sourire. Au même instant, une voix, dans mon dos, m'a fait sursauter :

— Martin, ça ne peut plus durer.

En un éclair, je me suis retourné ! Monsieur Raymond se dressait devant moi ! Il a continué :

— Cesse ta comédie. Tu vas me faire le plaisir de te confier à monsieur l'agent, et en vitesse. Je veux aller me coucher, moi !

— Mais...

— Quoi ?

— Je vous ai entendu crier, je pensais que...

Il s'est esclaffé :

— Que je me disputais avec les policiers ? Mon pauvre Martin, tu étais complètement à côté de la plaque.

— Ah bon ? Vous n'étiez pas fâché contre eux ?

— Fâché, oui. Mais pas contre eux, en effet. J'en voulais encore à tous ces gens qui m'avaient accusé, ces marchands de poudre de perlimpinpin qui s'étaient permis de m'insulter. Ici, au contraire, on m'a réservé le meilleur accueil, n'est-ce pas, monsieur l'inspecteur ?

Une silhouette a surgi derrière le directeur : c'était le policier qui nous avait amenés au commissariat. Il a hoché la tête.

— Je n'avais aucune raison de mal vous recevoir. Surtout que la colère de monsieur Raymond contre les commerçants ne m'avait pas déplu. Toute l'année, je subis leurs récriminations, leurs plaintes, leurs exigences. Ils voudraient un de mes hommes devant chaque boutique, à toute heure du jour et de la nuit. Ça m'a amusé que quelqu'un les remette à leur place.

Enfin, je comprenais son air réjoui après la bagarre, quand il avait posé la main sur le bras du coach.

— Tu vois, Martin, a-t-il conclu, tu n'as plus aucune raison de te taire. Fabrice a parlé. Ton directeur a parlé. Tout le monde aimerait retrouver son lit. Alors...

8
Le retour des héros

La température avait drôlement baissé lorsque nous avons quitté le commissariat. Les nuits sont fraîches, au bord de la mer. J'ai frissonné, avant d'enfiler ma veste de survêtement. Fabrice en a fait autant. Nous ne disions rien. J'étais heureux de marcher dans l'air frais, soulagé que cette histoire soit derrière nous.

J'ai attendu que nous ayons mis au moins cent mètres entre nous et le poste de police pour poser à mon ami la question qui me brûlait les lèvres :

— Pourquoi t'as craqué ? Moi qui pensais que tu ne dirais rien. Tu te rends compte que j'ai failli me retrouver en cellule ? Jamais je n'aurais cru ça de toi...

Fabrice a enfoncé son cou dans ses épaules. Il a grommelé :

— Ils m'ont pris la tête.

J'ai attendu en vain qu'il me donne des détails. Un peu court, comme explication. Trop, à mon goût. J'ai eu envie de le secouer.

Monsieur Raymond a pris sa défense :

— Laisse-le tranquille, Martin. Dans tous les cas, il a bien fait. Nous étions innocents, il n'y avait aucune raison de se taire.

Fabrice a ricané :

— Innocent, tu parles... Le flic qui m'interrogeait avait une idée fixe : tout était arrivé par ma faute. D'après lui, j'avais insulté la fille, menacé les mecs, frappé le premier. Alors oui, j'ai craqué. J'ai tout déballé, de A à Z. Et, croyez-moi, j'ai dû me démener pour réussir à le faire changer d'avis.

Il y a eu un léger silence. Le temps pour moi de comprendre. Si j'avais été interrogé comme Fabrice l'avait été, je me serais effondré, moi aussi.

— D'abord, a enchaîné monsieur Raymond, on ne dit pas « flic », mais policier. Et le tien n'a fait que son travail. Même si tu n'as pas vécu un moment de rêve, ça ne rime à rien de lui en vouloir.

— Vous en avez de bonnes ! s'est énervé Fabrice. Vous trouvez ça normal que ce... policier n'en ait eu qu'après moi ? Je suis sûr qu'il protégeait les gars qui nous avaient attaqués. Ça doit être des fils à papa de la ville, ils jouent à domicile, ils peuvent cogner sur qui ils veulent, ils risquent rien.

— Fabrice ! Ne dis pas n'importe quoi ! L'enquête va progresser grâce à nos témoignages. À présent, ils ont le signalement de nos agresseurs, qui, j'en suis persuadé, vont être identifiés et convoqués à leur tour au commissariat.

Rien qu'à sa moue, on lisait sur le visage de Fabrice qu'il n'était pas convaincu.

— Je ne demande qu'à vous croire, a-t-il répondu du bout des lèvres. Mais, juste une question : quel papier avez-vous dû signer, tout à l'heure, avant que nous partions ?

— Oh, rien. Trois fois rien.

On sentait monsieur Raymond embêté. Fabrice n'a pas lâché prise.

— Allez ! Dites-le. Je suis certain que ça intéressera Martin.

Le coach a encore hésité, avant d'avouer, dans un soupir :

— Bon, d'accord. L'inspecteur m'a prié de renoncer à toute sortie en ville jusqu'à la fin de notre séjour.

Je n'en croyais pas mes oreilles.

— Et vous avez accepté ?

— Bien obligé. C'était la condition pour qu'il nous libère.

— Mais... nous interdire de promenade revient à nous accuser d'être les responsables de la bagarre !

— Je sais. Je te le répète : je n'avais pas le choix.

— On a toujours le choix.

— Ah, parce que tu aurais préféré croupir dans leur prison ?

— Oui. Plutôt l'injustice que la honte.

— Pfff. J'ai fait ce que j'avais à faire, point final. Si tu n'es pas content, tu peux y retourner et leur annoncer que tu veux dormir dans leur cellule. J'aurai une petite pensée pour toi au moment de me glisser sous ma couette...

Ma parole, il se moquait de moi ! La coupe était pleine ! Je le trouvais lâche, minable, timoré, méchant... J'étais à deux doigts de lui jeter ses quatre vérités à la figure. Et il ne fallait pas. C'était mon directeur. Je ne pouvais pas me le permettre.

Heureusement, Fabrice m'a calmé d'un geste, en posant l'index sur ses lèvres. Un message qui signifiait : « Tais-toi, ne te mets pas en danger. » J'ai donc serré les dents.

Aucun de nous n'a plus pipé mot jusqu'à notre arrivée au Santa Monica. À la réception, le gardien nous a donné nos clés d'un air satisfait.

— On dirait que vos affaires se sont arrangées. Je m'en félicite.

Sympa, mais... est-ce que ça voulait dire que la Terre entière était au courant de nos déboires ?

Nous avons regagné discrètement nos chambres. Les couloirs étaient déserts. Normal : à ma montre, il était près de deux heures du matin.

Nous avons pris congé assez froidement de monsieur Raymond, d'un simple : « Bonne nuit. »

Je n'ai pas eu le courage de me déshabiller tout de suite. Je me suis d'abord affalé sur mon lit – il me fallait un peu de temps pour reprendre mes esprits. Fabrice, lui, se brossait déjà les dents dans la salle de bains. Enfin, je pouvais savourer la fin du cauchemar. Je sentais mes paupières se fermer doucement. Je m'enfonçais peu à peu dans un sommeil bien mérité...

— Martin ! Hé, Martin ! Réveille-toi !

J'entendais au loin la voix de Joe... Une main me secouait l'épaule... Je rêvais déjà...

— Alors, Fab, c'était comment, chez les flics ?

Nadir... La voix de Nadir... Mon rêve avait l'air si réel... On aurait dit que les copains étaient *vraiment* dans notre chambre. Impossible, à cette heure de la nuit... Soudain, Fabrice est entré à son tour dans mon rêve :

— L'enfer. On a vécu l'enfer, a-t-il répondu.

— Tu pousses un peu, non ? a protesté Benoît. Je te crois pas.

Et Fabrice s'est mis à raconter notre séjour au commissariat. Enfin, soyons honnêtes : il a beaucoup brodé. Il a inventé un luxe de détails : que le policier avait refusé de lui donner un verre d'eau, qu'il l'avait giflé, qu'il l'avait menotté, ligoté à un radiateur...

— Et Martin ? Il a été maltraité aussi ? s'est exclamé Bébert.

— Vous avez qu'à lui demander.

Cette fois, plusieurs mains se sont mises à me secouer en même temps. Quelque chose ne tournait pas rond. Toutes mes sensations paraissaient trop réelles.

J'ai soulevé une paupière. J'ai d'abord été aveuglé par la lumière... avant de me rendre compte que ma chambre était pleine à craquer ! L'équipe au complet ou presque ! Je n'avais pas rêvé !

— Ça y est, il est réveillé ! a crié Benoît.

— Pas si fort, l'a calmé Joe. Tu vas rameuter monsieur Raymond ou Dominique.

Je me sentais comme dans du coton, avec une seule envie : me lover sous ma couette. Pourquoi ne me laissaient-ils pas tranquille ? Je me suis énervé :

— Qu'est-ce que vous fichez là ?

— Te fâche pas, a souri Julien. On n'en pouvait plus d'attendre votre retour.

— À ton tour, m'a commandé Fabrice. Moi, j'ai fini.

Aussitôt, les copains ont entouré mon lit. Avides de boire mes paroles, ils se sont serrés afin de ne pas perdre une miette de mon récit. Certains se sont assis sur la moquette pour être plus à l'aise.

— Vas-y, qu'est-ce que t'attends ? s'est impatienté Édouard.

Le problème, c'est que je suis tout le contraire d'un beau parleur. Je suis incapable d'aligner trois phrases en public. Je bégaie, je rougis, j'en oublie la moitié. Et Fabrice avait tellement affabulé que je ne savais pas quoi ajouter.

Puis j'ai vu les yeux de mes camarades. Ils brillaient des mille feux de la curiosité. Ils en voulaient pour leur argent. J'ai compris pourquoi Fabrice avait à ce point exagéré : les copains nous prenaient pour des héros, il ne fallait pas les décevoir. Je n'ai pas résisté. Après avoir laissé planer quelques instants de silence, je me suis lancé :

— Ç'a été l'horreur totale...

9
J'ai faim !

C'est grisant, finalement, de raconter n'importe quoi : en un quart d'heure, j'ai mis mon auditoire dans ma poche. À la fin de mon récit, les copains avaient avalé toutes mes élucubrations. Ils me regardaient comme si j'étais le survivant de la pire catastrophe et comprenaient qu'il ne fallait pas me déranger plus longtemps. Que je devais me reposer pour me remettre de mes émotions. Ils sont sortis sur la pointe des pieds et j'ai, enfin, pu me coucher pour de bon.

Juste avant d'éteindre, Fabrice m'a demandé :

— C'est vrai que les flics ont menacé d'appeler ta mère ?

Alors là, je n'en suis pas revenu.

— Me dis pas que tu as gobé mon baratin ?

— Ah bon, toi aussi, t'en as remis une couche ?

— Évidemment ! Tu avais donné l'exemple, je ne pouvais pas faire moins...

— Sacré Martin, va !

— Sacré Fabrice !

J'ai souri... et je me suis endormi comme une masse. Je venais de vivre la journée la plus épuisante de ma vie...

Autant dire que j'ai détesté Dominique quand, au petit matin, il a surgi dans notre chambre en s'écriant :

— Debout, paresseux ! Il fait beau, le soleil brille, les oiseaux chantent !

Et, joignant le geste à la parole, il a tiré les rideaux. Oui, le soleil brillait, brûlant mes pauvres yeux qui avaient la plus grande peine à s'ouvrir.

J'ai entendu Fabrice gémir :

— Dominique, monsieur Raymond vous a pas prévenu ?

— De quoi ?

— Qu'il fallait nous laisser faire la grasse matinée, Martin et moi.

— En quel honneur ? Non, il ne m'a rien dit de tel. Pas de favoritisme ici, tu le sais. Tout le monde est logé à la même enseigne.

Pour seule réponse, Fabrice s'est replongé sous sa couette.

Dominique l'a secoué sans ménagement.

— Allez, prépare-toi ! Petit déjeuner dans une demi-heure !

Il nous a laissés nous débrouiller avec notre fatigue. Cinq heures de sommeil... Une misère.

Monsieur Raymond était vraiment sans pitié. Depuis que j'avais été admis à La Charmille, j'avais appris à m'accommoder de son mauvais caractère, de sa sévérité, de son obsession du règlement. En contrepartie, j'avais beaucoup progressé dans mon sport, j'appartenais à l'une des meilleures équipes de France... ce qui me permettait d'espérer intégrer une équipe professionnelle dans un an.

Mais là, je ne pensais plus à ces bons côtés. J'étais trop cassé. Je m'imaginais allongé dans une chaise longue, au bord d'une piscine, les doigts de pied en éventail, à siroter un verre de grenadine... Le farniente, quel rêve !

Hélas, il me fallait obéir aux ordres. Pas question de se révolter ou de faire semblant de ne pas avoir été réveillé par Dominique. Impossible de passer outre : nous étions les petits soldats de monsieur Raymond.

Je me suis traîné jusqu'à la salle de bains. L'eau chaude m'a fait un bien fou. Au bout d'un moment, Fabrice a manifesté son impatience :

— Martin ? T'es noyé ?

À regret, je lui ai cédé la place pour me sécher et enfiler mon survêtement. Fabrice s'est mis à chanter sous la douche. Les minutes s'écoulaient. Pour le coup, c'est moi qui ai dû le ramener à la raison.

— Dépêche ! On va encore se faire remarquer ! Et puis... j'ai une de ces fringales !

— M'en parle pas ! Mon estomac fait des gargouillis monstrueux.

Manger. Oui, mais quoi ? Le buffet du petit déjeuner était identique à celui de la veille. Très joli, avec plein de choses délicieuses... mais rien de très consistant. J'ai englouti un bol de salade de fruits, deux yaourts et trois biscottes. Ma faim n'était pas calmée, loin s'en fallait. J'étais à bout, je me sentais prêt à commettre n'importe quelle folie.

Et, soudain, j'ai trouvé. À force d'observer la porte battante qui séparait la salle à manger des cuisines, de voir passer et repasser les serveuses qui s'occupaient de nous, un plan tout simple a germé dans mon cerveau : puisque la nourriture refusait de venir à moi, c'est moi qui irais à elle ! Les réfrigérateurs du Santa Monica devaient contenir des tonnes de merveilles – jambon, fromage, gâteaux... Pourquoi ne pas aller me servir à la source ?

Sans me faire repérer.

Cela dit, comment mettre mon projet en pratique ? J'ignorais quelle était la disposition des lieux. Combien de personnes travaillaient en cuisine et, donc, étaient susceptibles de me surprendre. Quel moment de la journée était le plus favorable. Si la faim m'ordonnait de ne pas tarder à faire une razzia, la prudence me conseillait de prendre mon mal en patience afin de peaufiner l'opération et d'augmenter mes chances de réussite.

Autre point important : devais-je agir seul ou mettre Fabrice, Nadir et Joe dans la confidence ? Il est plus facile de mener une enquête à plusieurs, mais on multiplie aussi les risques de se faire attraper. J'ai décidé de garder ça pour moi. J'aurais voulu passer la journée à épier les moindres mouvements dans les cuisines. Mais je devais suivre le programme de l'équipe – soins, massages, gymnastique douce, entraînement. Je ne pouvais exercer ma surveillance que durant nos courtes pauses. Autant dire que je n'ai guère avancé dans mes investigations.

Après l'entraînement, monsieur Raymond nous a proposé de faire un peu de courrier. Le Santa Monica mettait gracieusement à notre disposition des cartes postales de La Grande-Course. J'en ai profité pour écrire à Sarah, ma meilleure amie.

Ma chère Sarah,

Je parie que tu vas en baver d'envie en découvrant que je séjourne à La Grande-Course, le paradis des stars ! Et tu verrais l'hôtel ! Au moins un trente-étoiles ! Des dizaines d'employés sont à notre service, ma chambre est trois fois plus grande que le salon de ta maison. Pourtant, ne sois pas jalouse. Tout n'est pas rose, loin de là. Je me suis retrouvé au commissariat après une bagarre avec une bande d'ici... et, surtout, je crève de faim. Ne ris pas, c'est sérieux. Je rêve d'un gros steak-frites ou d'une énorme pizza. Ça me changerait des carottes râpées !

Bon, parlons un peu de toi. Est-ce que la rentrée se passe bien ? Es-tu contente de tes nouveaux profs ? Et ton scooter, il marche bien ? Envoie-moi ta réponse à La Charmille, je pourrai la lire en début de semaine prochaine.

En attendant, je t'embrasse,

Martin.

10
Joe a disparu

À défaut d'apaiser ma faim, écrire à Sarah m'a fait du bien. Avoir pu me confier à quelqu'un, même à distance, m'a réconforté. Après ça, je n'avais plus qu'un souhait : dormir tout mon soûl. Une bonne nuit de sommeil restaurerait mes forces. Il m'a fallu encore traverser l'épreuve du dîner, l'assiette à moitié vide et l'estomac qui crie famine. J'ai craint le pire quand monsieur Raymond s'est levé, s'est éclairci la voix et a tapoté son verre avec son couteau, signe qu'il réclamait le silence. Quel nouveau supplice allait-il nous annoncer ?

— Deux choses, a-t-il commencé. Un, les sorties en ville sont interdites jusqu'à la fin du séjour. C'est un ordre. Un ordre strict. Inutile de râler.

À sa grande surprise, je crois, personne n'a protesté. Forcément : Fabrice et moi avions raconté aux copains l'épisode du papier signé par le coach. Le papier de la honte. Chacun avait eu le temps de digérer la mauvaise nouvelle.

En l'absence de réaction, monsieur Raymond a enchaîné :

— Et, deux, vous avez quartier libre pour la soirée. Faites-en ce que bon vous semble. Certains d'entre vous ont du sommeil à rattraper. Les autres peuvent emprunter des jeux de société à l'accueil de l'hôtel, surfer sur Internet ou regarder la télé. L'important est de vous détendre un maximum pour vous préparer au mieux à la suite de la semaine... Voilà, vous savez tout. Je vous souhaite une bonne nuit.

Un détail m'intriguait : de quelle « suite » parlait-il ? Du programme normal ou de quelque chose d'autre ? Décidément, le coach n'avait pas son pareil pour entretenir le suspense !

Malgré tout, j'étais rassuré. Il avait songé à notre repos. Il n'était donc pas totalement insensible. Il se souciait de notre bien-être. La veille, sous le coup de la fatigue et de la colère, je l'avais jugé un peu vite. Sous un abord grognon, il cachait un cœur en or. Je l'avais oublié en sortant du commissariat, bouleversé par ce que je venais de vivre.

J'ai failli aller lui présenter mes excuses, mais impossible : j'aurais eu l'air de quoi vis-à-vis des copains ? En plus, je ne voulais pas perdre une minute. Direction, mon lit. J'ai attrapé Fabrice par le bras pour l'emmener avec moi.

— Tu viens te coucher ?

— Et comment ! On fait la course ?

Nous avons échangé un clin d'œil, puis j'ai lancé le sprint à travers les couloirs du Santa Monica. On a trop rigolé à slalomer entre les clients, les frôlant ce qu'il fallait pour les agacer sans leur rentrer dedans. Mais j'ai raté une marche de l'escalier, rien de grave, juste de quoi terminer en boitillant, distancé par Fabrice.

Il m'attendait à la porte de notre chambre, l'air narquois.

— Alors, pépé, tu as besoin d'une canne ?

J'ai ri jaune. Ma cheville me faisait super mal. J'ai retroussé le bas de mon pantalon : mon tibia, sacrément éraflé, saignait presque. J'ai enlevé survêtement, chaussures et chaussettes et j'ai fait couler de l'eau sur la plaie. C'était froid, ça piquait, ça faisait du bien, douleur et plaisir mêlés.

Le temps de me sécher, de me brosser les dents et, hop ! je me suis glissé sous ma couette, un sourire jusqu'aux oreilles, avec le sentiment d'entrer au paradis.

J'ai vaguement perçu la voix de Fabrice :

— Bonne nuit, Martin.

Et j'ai encore trouvé la force de répondre :

— Bonne nuit.

Ma béatitude a été de courte durée. Nadir est entré en trombe dans la chambre. Ça devenait une sale habitude chez lui. Il soufflait comme s'il venait de courir un marathon. J'ai bondi, prêt cette fois à l'empêcher de mettre nos affaires sens dessus dessous.

Il a levé les bras. On aurait dit un malfaiteur sur le point de se rendre à la police.

— Ho, calmos, Martin ! Je viens en ami.

— Qu'est-ce qu'il y a ? Tu vois pas qu'on est vidés ?

— Ouais, mais là, y a urgence. Cas de force majeure. Joe a encore disparu.

— Et tu viens nous déranger pour ça ? Tu sais où le trouver, non ? T'as pas besoin de nous pour aller le chercher sur la plage. À cette heure-ci, il suffit de passer par le hall de l'hôtel. Faut juste faire gaffe à monsieur Raymond.

— Tu me prends pour un idiot ? J'y ai été, sur la plage. Joe n'y est pas.

— T'es sûr ?

— Ma main à couper. J'ai même demandé à des gens qui se promenaient s'ils ne l'avaient pas vu.

— C'est pas croyable ! Joe est fou à lier. Tu te rends compte des risques qu'il prend ? Avec ce que le coach nous a dit tout à l'heure à propos de l'interdiction de sortie ?

— Je sais. C'est pour ça que je suis venu tout de suite. Faut qu'on le ramène.

— Sans moi, mec. Il a passé les bornes. Qu'il se débrouille.

Entre-temps, Fabrice s'était levé. Il me regardait sévèrement, avec un air de reproche. Ça ne lui ressemblait pas. Il m'a dit :

— Je crois que tu n'as pas vraiment le choix, Martin.

— Ah bon ? Explique-moi ça.

— N'oublie jamais : si l'un d'entre nous est en danger, les autres doivent le secourir. Un pour tous, tous pour un, comme les Mousquetaires.

— Tu t'inquiètes pour Joe ? Tu veux me faire pleurer sur son sort ? Épargne ta salive. Joe n'est pas en danger. Personne ne l'a obligé à se tirer. Il l'a fait de son plein gré. Le ramener, c'était marrant la première fois, mais là...

Fabrice a réfléchi un instant, puis a repris :

— On va voter.

J'ai sursauté.

— Mais on n'est que trois !

— Et alors ? Au moins, avec un nombre impair, il n'y aura pas d'égalité. Que ceux qui sont d'accord pour aller chercher Joe lèvent la main.

Évidemment, je me suis retrouvé en minorité. Fabrice et Nadir étaient prêts à partir. Que pouvais-je faire, sinon me plier à la décision de la majorité ? C'était notre règle depuis notre admission à La Charmille.

Je n'avais pourtant pas l'intention de rendre les armes sans me battre.

— Je vous le répète : Joe a bravé un interdit. Vous avez pensé aux conséquences si on se fait pincer ?

Fabrice était visiblement agacé.

— Martin, tu me déçois. Sortir n'est pas interdit par la loi, mais par monsieur Raymond. Ce n'est pas pareil. On pourra toujours s'expliquer avec lui.

— Non, c'est interdit par la police. C'est elle qui ne veut plus nous voir dans les rues de La Grande-Course. Tu imagines les ennuis si les flics nous cueillent ?

— Ce que tu peux être trouillard, Martin !

J'étais suffoqué !

— Trouillard, moi ? Répète un peu, si tu l'oses !

Il n'a même pas pris la peine de me répondre. Il s'est tourné vers Nadir :

— Si on y allait à deux ? Après tout, on n'a pas besoin de Martin.

J'ai reçu sa remarque comme un coup de poing dans le ventre. J'en suis resté bouche bée. K-O de stupéfaction. Je me sentais à la fois trahi et ridiculisé.

Tête basse, j'ai grincé entre mes dents serrées :

— Ça suffit ! Vous avez gagné. Je viens avec vous.

Aussitôt, Fabrice a retrouvé son sourire légendaire.

— Super ! Tu démarres au quart de tour !

— Quoi ?

— Sérieusement, je n'ai jamais cru que tu étais peureux. Mais je voulais t'asticoter pour que tu réagisses... dans le bon sens.

— T'as joué avec le feu. J'aurais aussi bien pu te casser la figure.

— Toi ? Je ne crois pas. Pas ton genre.

Au fond, il avait raison. Sur toute la ligne, comme d'habitude. J'étais velléitaire :

j'avais envie d'un tas de choses, mais je n'osais pas aller jusqu'au bout. J'étais le gentil Martin, trop gentil peut-être. Souvent, Fabrice me poussait à aller de l'avant, à me décider, à trancher dans le vif. Seul, je n'y arrivais pas.

Près de la porte, Nadir dansait d'un pied sur l'autre.

— Bon, vous me ferez signe quand vous en aurez terminé avec vos salades. Je vous rappelle qu'on a une mission à accomplir. Et pas des plus faciles.

Le temps d'enfiler nos survêtements, de nous faufiler à pas de loup jusqu'à l'entrée de l'hôtel, de guetter le moment où la voie serait libre... et notre enquête pouvait démarrer.

Mais... par où commencer nos recherches ?

— Par là ! a décrété Nadir.

— Le centre-ville ? s'est récrié Fabrice. Tu plaisantes ? Je suis certain que Joe s'est rendu au port.

— Non ! En ville !

— Non ! Au port !

Ça partait fort. Nous n'avions pas encore

fait dix mètres que nous nous disputions déjà. Il me fallait calmer les deux zigotos.

— Arrêtez votre cirque ! Le plus simple est de suivre le même chemin que l'autre soir. Après tout, c'est le seul que Joe connaisse.

Fabrice et Nadir ont hoché la tête pour marquer leur acquiescement. Je me suis étonné moi-même. J'avais crié si fort que j'avais réussi à les impressionner. J'ai pensé : « Tu vois, Martin, tu es capable de t'imposer. Tu devrais le faire plus souvent. Et avoir davantage confiance en toi. »

11
Plein les yeux

Le problème, quand on lance une idée, c'est qu'il faut la mettre à exécution. Puisque j'avais proposé une direction et que mes camarades avaient accepté mon choix, je devenais le chef de notre expédition. Pour une fois, c'étaient Fabrice et Nadir qui me suivaient, et non l'inverse. Je devais me montrer à la hauteur de la tâche. Je n'étais pas trop rassuré. Emprunter le même trajet que le soir de la bagarre, c'était risquer de se retrouver nez à nez avec nos ennemis, ou avec l'un ou l'autre des marchands mécontents de nous.

D'ailleurs, ça n'a pas loupé. À notre passage, la vendeuse de crêpes et de gaufres s'est écriée :

— Toi, là ! Je te reconnais...

J'ai rentré la tête dans les épaules.

Elle a continué :

— C'est toi le gourmand qui se barbouille de chocolat !

Tiens, elle ne me grondait pas. Étonné, je me suis tourné vers elle. Elle m'a souri de toutes ses dents. Visiblement, elle ne nous en voulait plus.

— Une petite crêpe ? À la noix de coco et au chocolat ?

Et puis, il y avait l'odeur. Exquise, merveilleuse, sublime... Impossible de résister. J'ai voulu m'approcher, mais Fabrice m'a retenu :

— Martin ! Oublie un peu ta gloutonnerie ! Pense à Joe.

Joe ? Ah oui... Joe... Retrouver Joe... J'allais renoncer à ma crêpe quand Nadir est venu à mon secours :

— Hé, Fabrice, faut pas exagérer ! Cinq minutes, on te demande juste cinq minutes. Je suis comme Martin, ça me donne faim de voir tout ça. Moi, une gaufre, je dirais pas non.

Fabrice allait-il se fâcher ? Non. La gourmandise étant un de ses péchés mignons, il s'est laissé amadouer.

— D'accord, faites-vous plaisir. À une condition : que vous mangiez en marchant, pour ne pas perdre de temps.

— Et toi, tu prends quoi ?

— Rien. Ou alors... c'est bien pour ne pas vous vexer... une crêpe à la confiture. Vous avez de la fraise, madame ?

La dame en avait. Il s'en est mis plein le menton. Nadir, lui, avait le visage couvert de chantilly. Quant à moi, j'ai perdu le combat contre le chocolat. Mes doigts, mes mains, mes habits en étaient maculés. Mais quel régal !

— Et si on faisait un tour d'autotamponneuses ? s'est soudain exclamé Nadir.

— Là, tu délires, s'est énervé Fabrice.

— Juste un. C'est pas la mer à boire, quand même. Si tu veux pas venir, fais le guet, OK ? Vérifie que les flics sont pas dans le coin.

— Va pour un tour. Mais dépêchez-vous.

— Ben, Martin, qu'est-ce que t'attends ? Qu'est-ce que tu regardes ?

Vaguement inquiet, j'observais les alentours. Je me disais que nos agresseurs de la veille aimaient peut-être aussi les autotamponneuses... et que si par malheur nous les croisions, nous allions passer un très, très mauvais quart d'heure : à trois contre dix ou quinze, je ne donnais pas cher de notre peau.

J'ai fait part de mes craintes à mes copains. Ils ont bondi.

— Celui qui nous mettra au tapis n'est pas né, a fanfaronné Fabrice.

— Tu te racontes des histoires, m'a rassuré Nadir. Viens plutôt t'éclater sur le manège.

Je me suis laissé entraîner. Et j'ai bien fait. On s'est amusés comme des petits fous, emboutis par les uns, percutant les autres, heurtés, secoués, chavirés... de bonheur.

Fabrice ne surveillait guère les environs. Il nous dévorait des yeux. Il était jaloux, je crois.

À la fin du tour, je me suis empressé d'aller acheter un autre ticket. Je le lui ai offert.

— Allez, assieds-toi à côté de Nadir. Je vois bien que tu en meurs d'envie.

Il n'a même pas protesté pour la forme. Il s'est installé, juste avant que les voitures ne redémarrent. Et la course est repartie de plus belle, dans le bruit, les rires et les cris. Quant à moi, je me suis posé sur un banc, d'abord content de ma soirée. Avant que je ne me remette à penser à lui...

Joe était loin. Joe n'existait plus. En quelques instants, nous l'avions oublié, abandonné. Effacé.

C'était dur. Mon meilleur ami, après Fabrice, avait peut-être besoin de mon aide, et je ne pensais qu'à m'amuser. Était-ce cela, l'amitié ? Se dire les meilleurs amis du monde quand tout allait bien et s'éloigner vite fait au moindre problème ? Que valait notre serment ? Nous avions juré de nous entraider. Et voilà qu'une simple crêpe, un malheureux tour d'autotamponneuses nous détournaient de notre route...

Tandis que je ruminais mes idées noires, une main s'est violemment abattue sur mon épaule. J'en suis tombé de mon banc.

— Pour une surprise, c'est une surprise ! s'est exclamée une voix familière.

À demi assommé, j'ai dévisagé mon agresseur : Billy ! Oui, le Billy de mon équipe, accompagné de Luis, d'Édouard et d'Abacar. Tous quatre riaient de leur bonne blague.

Luis m'a aidé à me relever. Je n'en revenais pas.

— Qu'est-ce que vous faites là ?

— La même chose que toi, tiens ! On profite à fond de notre semaine à La Grande-Course.

— Vous vous trompez, les mecs. Avec Fabrice et Nadir, on cherche Joe. Il a disparu. Vous ne l'auriez pas vu, par hasard ?

Édouard s'est esclaffé :

— Trouve-toi une autre excuse ! C'est certainement à cause de Joe que tes potes sont sur les autotamponneuses...

— On s'accordait juste une pause.

— Cause toujours, mon mignon ! Arrête de jouer au petit saint. Avoue donc, y a pas de honte ! T'es comme nous. Tu veux prendre du bon temps.

Inutile d'essayer de les convaincre. Il fallait que je récupère Fabrice et Nadir, que nous reprenions notre traque, que nous dénichions Joe le plus rapidement possible pour le ramener à l'hôtel. Il n'était pas loin de minuit. Ce n'était plus le moment de traînailler.

Oui mais, voilà : mes deux compagnons ne l'entendaient pas de cette oreille. En descendant du manège, ils n'avaient plus qu'un mot à la bouche : la fête. Comme les quatre autres. Je n'avais plus qu'à me taire. Je ne me voyais pas chercher Joe tout seul, la nuit, dans une ville inconnue.

Faisant contre mauvaise fortune bon cœur, j'ai mis mes pas dans ceux du groupe. Sans conviction, en fermant la marche.

Abacar a tenté de me remonter le moral :

— T'inquiète donc pas pour Joe. C'est un caïd. Le roi de la débrouille. Il est allé respirer un peu d'air frais. Et à cette heure-ci, il ronfle tranquille dans son lit.

Peut-être. Sûrement. N'empêche : j'avais manqué à mon devoir. Je n'avais même pas piqué une colère contre Fabrice et Nadir, ces traîtres qui avaient tant insisté pour entreprendre notre mission... et qui avaient renoncé si vite. J'étais dégoûté, découragé.

Je crois que notre promenade aurait duré toute la nuit, ou du moins jusqu'à la fermeture des stands. Mais un incident nous a fait écourter notre programme. Une rencontre. Une mauvaise rencontre.

Édouard venait de se payer une barbe à papa taille XXXL. Il ne savait par quel bout l'attaquer. Et tout le monde essayait d'en attraper un filament, moi y compris. On se marrait bien, même moi j'avais retrouvé le sourire. Jusqu'à ce qu'un ricanement nous fasse froid dans le dos :

— Alors les minus, on mange son susucre ?

Nous avons levé les yeux, pour découvrir, épouvantés, nos assaillants de la veille. Moins nombreux, Dieu merci ! Une dizaine. Une chance ! À sept contre dix, c'était jouable. Nadir n'a pas hésité :

— T'as un problème ? La raclée d'hier t'a pas suffi ?

L'autre s'est rengorgé :

— Vous voyez ça, les gars ? Le nain sort ses petits poings. Ouh la la, j'ai peur...

Nadir écumait de rage. Nous étions avec lui, prêts à en découdre. Mais le combat n'a pas eu lieu... faute de combattants. Leur chef nous a lancé :

— À demain !

Et, aussi brusquement qu'ils étaient apparus, nos adversaires ont fait demi-tour et se sont évanouis dans l'obscurité.

Nous étions comme assommés. Leur « À demain » résonnait dans nos têtes. La fête était terminée. En silence, nous avons repris le chemin du Santa Monica, chacun réfléchissant à la même interrogation : qu'allait-il se passer demain ?

12
Amical ?

La première mauvaise nouvelle nous attendait au retour à l'hôtel : Joe n'était pas dans son lit. C'était une catastrophe. Comment allions-nous justifier son absence auprès de monsieur Raymond ?

La seconde mauvaise nouvelle nous a cueillis à froid au petit déjeuner. Les quelques heures de sommeil n'avaient bien sûr pas suffi à me remettre d'aplomb. Cela faisait à présent deux nuits de suite que je ne dormais pas assez. Le réveil avait été affreux, les paupières collées, la bouche pâteuse, jambes flageolantes et mains tremblantes. Un zombie. À table, entre deux cuillerées de céréales, je luttais pour ne pas m'endormir.

Monsieur Raymond n'a rien trouvé de mieux que de nous infliger un sermon matinal. Malgré mes efforts, je ne parvenais pas à comprendre tout ce qu'il disait. C'était comme si j'avais du coton dans les oreilles.

— La violence... solution... bagarrer... fier de ma trouvaille... match amical... vous en pensez ?

Je n'arrivais pas à recoller les morceaux de son discours. En revanche, je pouvais en constater l'effet sur mes camarades : leurs mines s'allongeaient à vue d'œil !

Le coach a repris, d'une voix certainement plus forte puisque j'ai tout entendu :

— Pas de questions ? Parfait. Rendez-vous à quatorze heures pour le coup d'envoi.

J'ai attendu qu'il ait le dos tourné pour me pencher vers Fabrice et obtenir quelques éclaircissements.

— Qu'est-ce qu'il a raconté ?

— J'sais pas trop. J'suis encore dans le gaz, imagine-toi.

J'avais oublié que Fabrice s'était également couché très tard et qu'il devait être dans le même état que moi. Il fallait que je me renseigne auprès de quelqu'un de frais et dispos. Damien, par exemple.

— Pst, pourquoi tu fais cette tête-là ?

— Martin, t'es sourd ou quoi ? T'as pas capté ce que le coach vient d'annoncer ? Non, bien sûr, suffit de voir ta figure. Je te résume : d'après lui, la violence, genre les bagarres, ça ne mène jamais à rien. Il veut qu'on laisse une bonne impression à La Grande-Course. Il a donc décidé de nous faire disputer un match amical contre une bande de jeunes d'ici.

— Hein ? Il a perdu la boule ? Et si l'équipe d'en face est composée des mecs avec qui on s'est castagnés ?

— À mon avis, c'est exactement ce qu'il souhaite. Il a dû repérer le quartier où crèchent ces gars, peut-être même avec l'aide de la police. Si ça se trouve, il s'est rendu sur place pour monter ce plan avec eux.

— Et qui c'est qui trinque ?

— Nous. C'est tout à fait le genre de situation qui lui plaît. Je connais par cœur ses arguments : « Dans la vie, il faut se lancer des challenges, savoir dépasser ses préjugés, oser affronter le danger. » Bla, bla, bla...

— Oui, t'as raison. Il va encore nous chanter l'air du « À vaincre sans péril, on triomphe sans gloire ».

Notre conversation s'est arrêtée là. L'heure des soins avait sonné. La perspective du match de l'après-midi leur ôtait tout intérêt. Ce qui aurait dû être un vrai plaisir devenait une corvée. La boue, le jet, les massages, la gym, plus rien n'avait d'importance. Je mâchais et remâchais l'annonce du coach, qui me restait sur l'estomac. Et toujours cette envie de dormir qui me taraudait... Les seules pensées qui me distrayaient concernaient Joe. Il n'avait toujours pas réapparu. Personne, parmi les élèves, n'avait eu de ses nouvelles. Où était-il passé ? Le plus étonnant, c'est que monsieur Raymond n'avait pas eu l'air surpris par sa disparition. Savait-il quelque chose que nous ignorions ?

Au fur et à mesure que le match approchait, la tension nerveuse montait entre nous. Fini la rigolade. Ainsi, à midi, Félix, sans le faire exprès, a un peu poussé Nadir qui en a laissé tomber son verre. Aussitôt, dans un accès de colère, Nadir a attrapé Félix par le col en s'écriant :

— Ah, tu dois être content ! Avec Joe dans la nature, tu récupères sa place dans les buts. Tu viens bouffer ses restes, comme un chacal.

De la méchanceté pure. Félix n'était pour rien dans la fugue de Joe. L'attaque de Nadir était injuste, cruelle, stupide. En fait, sans le montrer ouvertement, Nadir devait être très stressé par l'absence de son copain. Ça ne devait pas être évident pour lui de se retrouver seul dans leur chambre. Avec un fantôme comme voisin de lit...

— Ça promet, m'a glissé Fabrice entre deux bouchées de spaghettis au basilic.

Il ne croyait pas si bien dire. L'accrochage entre Félix et Nadir a été le premier d'une longue série. L'ambiance dans le groupe était au point mort. C'était pourtant le moment ou jamais de nous montrer solidaires, unis, liés par le même objectif : vaincre.

Monsieur Raymond a perçu le danger. Dans le vestiaire, alors qu'il nous distribuait les chasubles qui allaient nous servir de maillots, il a mis les choses au point :

— Vous n'êtes pas des débutants, que je sache. Oui, en face, ce sont des amateurs. Les moins de dix-sept ans du FCM, le Football-Club du Maroly, un quartier de La Grande-Course. Ils ne s'entraînent qu'une fois par semaine. Oui, techniquement, vous leur êtes supérieurs, et de loin. Mais vous allez affronter onze bonshommes ultra motivés. Si vous ne vous serrez pas les coudes, si vous vous faites la guerre, vous n'avez aucune chance. La défaite et la honte vous attendent.

Le message était on ne peut plus clair. Moi, en dépit de ma fatigue, j'étais prêt à laisser mes dernières forces sur le terrain.

Le coach a enchaîné avec la composition de l'équipe. J'étais à la manœuvre, chargé de distribuer le jeu. Julien a fait la moue, nous étions toujours en concurrence. Une fois lui, une fois moi.

— Martin, a ajouté monsieur Raymond, voici le brassard de capitaine.

Aïe ! En temps normal, j'aurais bombé le torse de fierté à l'idée de diriger le groupe mais là, ça tombait mal. Être capitaine, ça signifie échanger des cadeaux, un fanion ou au moins une poignée de main avec celui d'en face. Et je n'en avais pas la moindre envie avec les sauvages qui nous attendaient.

Mais bon, le gentil Martin ferait ce qu'on espérait de lui. Comme d'habitude... En tant que capitaine, je me suis senti autorisé à poser une question au coach. Une question qui me tarabustait :

— Au fait, monsieur, et Joe ?

— Ce n'est pas le moment, a-t-il répliqué, agacé. On en parlera après la rencontre. Tu n'as qu'une chose à faire : te concentrer sur le match. Félix est un remplaçant de luxe, tu le sais parfaitement.

D'accord, Félix était tout sauf mauvais. Il n'y avait pas de mauvais joueurs à La Charmille. Simplement, en tant que gardien de but, il n'arrivait pas à la cheville de Joe. À la longue, il s'était installé dans son ombre, et y était resté...

Soudain, Dominique a passé la tête par la porte des vestiaires.

— Il est l'heure ! En place, les gaillards !

Nous nous sommes mis en route. Sans enthousiasme. Monsieur Raymond nous a lancé un dernier encouragement :

— Et n'oubliez pas : « À vaincre sans péril, on triomphe sans gloire. »

J'ai adressé un clin d'œil à Damien. Décidément, nous connaissions notre entraîneur par cœur. Ça m'a fait du bien de sourire un peu avant de pénétrer sur la pelouse...

Jamais je n'avais autant guetté nos adversaires. ILS étaient là. ILS : nos agresseurs de l'autre soir. Mes yeux se brûlaient à leurs yeux, comme un bras de fer par regards interposés. Le match avait déjà commencé, avant même le coup d'envoi. Le choc s'annonçait terrible.

— C'est bizarre, m'a murmuré Fabrice. Chacun de ces bouffons a un paquet dans la main.

Étrange, en effet. Plus incroyable encore : au moment de notre entrée sur le terrain, chaque joueur adverse s'est avancé vers l'un d'entre nous et lui a offert son paquet. C'étaient des cadeaux !

En recevant le mien, j'ai balbutié :

— Euh... merci...

— Pas la peine de me remercier, a grommelé mon vis-à-vis. On nous a obligés à faire ça.

— Qui, « on » ?

— Les flics, les responsables de notre club, les parents, tout le monde.

— Pourquoi ?

— Soi-disant pour se réconcilier avec vous. Tu parles ! Pour nous punir d'avoir mis le souk en ville, ils nous ont fait du chantage : si on n'obéissait pas, on se faisait virer du club.

Je ne savais pas si je devais ouvrir ma surprise. Du regard, j'ai fait le tour des copains : ils avaient déjà tous déballé la leur. J'en ai fait autant. Elle était bien enveloppée, dans une tonne de papier cadeau. C'était un range-CD.

J'ai pris un ton poli :

— Justement je n'en avais pas.

— Si tu crois que ça va me rendre sympa pendant le match, tu te fourres le doigt dans l'œil. On va vous mettre la raclée du siècle.

— Rêve toujours.

Il était vraiment temps que les hostilités démarrent. Nous avons tendu nos cadeaux à Dominique, et, puisque nous étions regroupés, j'en ai profité pour motiver mon équipe :

— Ils nous attendent pour nous faire mal. Ils en veulent. À nous de leur montrer qui est le plus fort. Souvenez-vous : on ne lâche rien !

Puis nous avons rejoint nos places. Juste avant, Fabrice m'a soufflé :

— Dis donc, Martin, quel chef tu fais ! Félicitations !

Et s'il avait raison ? Si j'étais bel et bien taillé pour le costume de capitaine ?

Je me suis avancé vers le rond central. L'arbitre et le capitaine d'en face m'y attendaient pour le tirage au sort, afin de savoir qui engagerait. J'ai eu le malheur de regarder vers les tribunes : j'y ai reconnu les fameuses filles, celles qui avaient mis le feu aux poudres, mais aussi les policiers qui nous avaient interrogés.

Décidément, ce match intéressait beaucoup de monde. Il ne fallait pas les décevoir...

13
La honte

L'arbitre a donné le coup d'envoi et, aussitôt, j'ai senti que cette rencontre ne serait pas comme les autres. On aurait dit un match de coupe, quand il y a forcément un vainqueur et un vaincu. Quand il n'y a pas d'égalité possible. Si tu as perdu, tu es éliminé. En championnat, c'est un peu plus cool, on sait qu'il y aura d'autres matchs pour se rattraper.

Ici, contre les jeunes du FCM, ç'a ressemblé tout de suite à une guerre des tranchées. On défendait avant d'attaquer. On essayait de garder le ballon le plus longtemps possible, de le faire circuler sans se le faire piquer. Chaque équipe avait peur de se prendre un but. La qualité du jeu s'en ressentait.

Les regards étaient féroces, les poings serrés, j'avais même le ventre tendu. Les fautes étaient nombreuses, l'arbitre ne savait plus où donner de la tête. En un quart d'heure à peine, il avait déjà distribué trois cartons jaunes. Deux en face et un à Nadir pour un tacle par-derrière qui aurait pu lui valoir d'être expulsé.

La faute de Nadir a été commise à environ vingt-cinq mètres des buts gardés par Félix. Coup franc contre nous. Tandis que nos adversaires choisissaient leur tireur et que, chez nous, Fabrice mettait en place sa défense, j'ai apostrophé Nadir :

— Ne prends pas de risques inutiles. Ce n'est qu'un match amical. Ne va pas gâcher ta saison en te blessant.

— Faut savoir ce que tu veux, Martin. D'un côté, tu nous pousses à mordre dans la partie ; de l'autre, tu me dis de freiner. C'est quoi, le bon choix ?

Le jeu devait reprendre. Nous en sommes restés là. D'ailleurs, j'aurais été bien embêté pour lui répondre. Ce n'était pas de la tarte de diriger son équipe dans des situations aussi compliquées que ce match. Lever le pied, c'était une défaite humiliante qui se profilait. Se donner à fond, c'était risquer d'accumuler les blessures. Difficile de trouver un juste équilibre entre ces deux extrêmes...

Le coup franc allait être joué. Je me suis placé non loin de leur tireur, histoire de le marquer de près quand il suivrait son ballon. Je me suis demandé si, chez les amateurs, ils répétaient à l'entraînement, comme nous le faisions, des combinaisons de coups francs. Des dizaines de fois s'il le fallait, jusqu'à connaître l'enchaînement des passes par cœur, jusqu'à le jouer quasiment les yeux fermés. Bref, leur tireur s'est élancé... et son tir brossé a pris la direction du poteau extérieur... qu'il a heurté de plein fouet. La balle a rebondi sur le dos de Benoît qui a trompé, bien involontairement, Félix. Un coup du sort, un but stupide, contre son camp. Nous voilà menés 1 à 0, avec en plus le sentiment que la chance était du côté de nos adversaires.

J'ai rejoint Benoît qui, assis par terre, tête baissée, était inconsolable.

— Tu n'as rien à te reprocher, Benoît. Ça peut arriver à tout le monde.

— Peut-être, mais c'est à moi que c'est arrivé.

— Allez, te laisse pas abattre. Lève-toi.

Je lui ai tendu la main, mais il ne l'a pas saisie. Fabrice est venu m'aider en le soulevant par les épaules. Édouard, Félix et Abacar, chacun y est allé de son petit mot d'encouragement. Rien à faire, Benoît les a envoyés promener :

— Je suis nul. Laissez-moi tranquille.

L'abandonner sur place ? Ah, ça, impossible sur un terrain de football. Si un joueur en a ras le bol, ce n'est pas pour autant que la partie s'arrête. Le spectacle doit continuer, jusqu'au terme des quatre-vingt-dix minutes.

En outre, les gars du FCM avaient fini de se féliciter, de fêter l'ouverture du score. L'arbitre s'impatientait. Il a exigé que le jeu reprenne. Il avait posé depuis belle lurette le ballon sur le rond central et souhaitait que j'engage.

En remontant ma moitié de terrain, j'en ai profité pour galvaniser une nouvelle fois mes troupes :

— Ressaisissez-vous ! Allez de l'avant ! On ne peut quand même pas rester les bras croisés à attendre qu'ils nous écrasent.

Billy, lui, ne s'en est pas laissé conter.

— Tu penses réellement ce que tu dis ? Tu crois que je vais me tuer pour un match amical contre ces minables ?

Oui, je pensais ce que je disais mais, dans le même temps, avec les heures de sommeil qui me manquaient, étais-je capable de donner l'exemple ? Étais-je physiquement en état de me dépasser ?

En résumé, ne valait-il pas mieux jouer cool, en oubliant mon désir de vengeance, plutôt que de mettre notre santé en danger ?

Problème : le foot – comme les autres sports – a ceci de redoutable qu'on ne peut pas s'y consacrer à moitié. Sinon, c'est la défaite assurée.

La preuve à la trente-huitième minute. Nous étions au moins huit à assiéger le but du FCM. Dans un beau désordre, à faire un peu n'importe quoi, persuadés que nous allions égaliser sans tarder. Monsieur Raymond s'époumonait depuis la touche, mais nous ne l'écoutions que d'une oreille. Et puis Gus s'est fait voler la balle. La contre-attaque a été rondement menée par quatre de nos adversaires. Notre défense, elle, était totalement dégarnie : il ne restait que Benoît et Fabrice. Un double une-deux, et leur avant-centre s'est retrouvé seul face à Félix. Feinte de tir, notre gardien a été pris à contre-pied : 2 à 0. Nous avons bu la tasse. La honte. Dans les tribunes, c'était le délire. Les quelques filles, déchaînées, faisaient autant de raffut qu'une foule de supporters. Moi, je gardais les yeux au sol, ce qui m'a valu une remarque salée de Billy :

— Hé, capitaine de mes deux, qu'est-ce que tu cherches par terre ? Un coup de génie ? Un but sans efforts ?

D'abord, je ne lui ai pas répondu. Je savais que j'avais du chemin à faire avant de devenir un meneur d'hommes à part entière. J'avais encore quelques mois pour apprendre. L'année prochaine, si tout allait bien, j'aurais quitté La Charmille et intégré un club professionnel. En tant que débutant, je ne serais bien sûr pas capitaine, mais j'espérais au moins pouvoir jouer à mon poste, au milieu. Pour cela, je devais m'affirmer, prendre mes responsabilités, lever la tête pour distribuer le jeu. Le coach me le répétait sans cesse.

Alors, j'ai relevé la tête. En ma qualité de capitaine, je n'avais pas à me laisser insulter. J'ai fixé Billy et je lui ai lancé :

— Tes reproches sont déplacés. Pire, ils sont méchants et gratuits. Si tu persistes, je demande ton remplacement.

Il en est resté bouche bée. Jamais je ne m'étais exprimé avec une telle fermeté. Il faut croire que le nouveau Martin était en train de naître. Aux oubliettes, le gentil, le trop gentil Martin...

J'ai regardé ma montre. Dans moins de cinq minutes, ce serait la mi-temps. Il allait falloir nous serrer les coudes pour ne pas encaisser un troisième but. Tenir, coûte que coûte.

Le jeu a repris. J'ai constaté avec plaisir que mes coéquipiers partageaient mon état d'esprit : personne ne baissait les bras. Même Billy, dès l'engagement, s'est précipité sur le porteur du ballon. Visiblement, ça servait de hausser la voix. Je me suis senti regonflé à bloc.

Mieux : juste avant la pause, celui que je n'attendais pas allait rendre le sourire à l'équipe. Celui qui a généralement des idées tordues allait se transformer en ange. En messager de la Bonne Nouvelle. Soudain, Gus, oui, Gus le râleur, Gus la peste, Gus le malfaisant a explosé. Il a récupéré la balle à la suite d'une touche en notre faveur, il a débordé le long du flanc gauche avant d'accélérer, de repiquer au centre, de slalomer entre les défenseurs. Il était fou. Il aurait dû faire une passe, il aurait dû penser aux autres. Mais non. Il a décidé d'y aller tout seul. À la limite de la surface de réparation, il a armé son tir. J'ai eu envie de crier : « Noooon ! » Trop tard. Son boulet de canon était déjà parti... et avait trouvé la lucarne des buts adverses. Un but d'extraterrestre. Un but d'anthologie.

— Tu le crois, ce que je viens de voir ? m'a glissé Fabrice.

— Ce Gus ! Il me surprendra toujours.

Dans la foulée, l'arbitre a sifflé la fin des

quarante-cinq premières minutes. Un but juste avant la mi-temps, voilà qui était excellent pour le moral. Même si nous étions encore menés au score, nous avons pris la direction des vestiaires d'un pas léger.

Et là-bas, une sacrée surprise nous attendait...

14
Tous ensemble !

D'abord, il n'y a pas eu de surprise. La mi-temps s'est déroulée comme toutes les mi-temps que nous avions connues avec monsieur Raymond. Il a commencé par nous remonter sévèrement les bretelles :

— Il vous a fallu quarante minutes ! Quarante minutes, et deux buts encaissés, pour prendre ces soi-disant amateurs au sérieux. Et vous voulez passer pros l'année prochaine ? Laissez-moi rire !

Édouard n'a pas hésité à l'interrompre :

— Mais, monsieur, vous avez bien vu, on s'est pas donnés à fond. On en a gardé sous la semelle.

Le coach a secoué la tête.

— Édouard, ne me prends pas pour un idiot. Même en levant le pied, vous leur êtes encore cent fois supérieurs, je vous l'avais dit avant le coup d'envoi. Simplement, tu oublies une règle d'or : la victoire revient toujours à celui qui la veut le plus. Et à ce petit jeu, ils ont été les plus costauds. Plus motivés que ces gars-là, je ne connais pas !

— Ça va changer, croyez-moi !

Tous les regards se sont tournés vers moi. L'étonnement se lisait sur les visages. Martin le discret, Martin le timide venait de s'exprimer haut et fort. Je me surprenais presque moi-même. Du coup, je ne savais pas comment continuer...

Monsieur Raymond a enchaîné :

— J'espère que vous allez écouter Martin ! Pendant la première mi-temps, il s'est épuisé à vous encourager. De la touche, j'avais l'impression qu'il criait dans le désert. C'est votre capitaine, nom d'une pipe ! Avec lui, vous devez avancer d'un même pas. Tous ensemble !

Comme c'était bien dit. J'étais fier de porter le maillot de mon équipe, fier d'en être le leader. Seule ombre au tableau : les copains risquaient de m'accuser d'être le chouchou du directeur, le fayot de service.

Ensuite, le coach est passé aux commentaires individuels. Chacun en a pris pour son grade. L'un jouait trop personnel, l'autre ne prenait pas assez d'initiatives, le troisième avait vissé les mauvais crampons. La routine... Ça s'est gâté quand est venu le tour de Félix. Certes, il avait laissé entrer deux buts mais, dans les deux cas, il n'y était pour rien. La faute à pas de chance. Il nous avait même gratifiés de quelques formidables arrêts qui m'avaient épaté de sa part. Pourtant, aux yeux de monsieur Raymond, c'était insuffisant.

— À t'observer, j'hésitais entre la poule mouillée et la passoire. Ce n'est pas comme cela que tu vas impressionner les attaquants du monde entier.

Pourquoi notre entraîneur trouvait-il autant de plaisir à humilier ses élèves ? Il nous répétait souvent que c'était pour nous endurcir. Que, dans les clubs où nous allions faire carrière, nous allions en entendre des vertes et des pas mûres. Que le foot était un monde de requins et qu'il fallait donc avoir les dents bien aiguisées pour y nager avec succès...

Tout cela, Félix n'était pas prêt à l'accepter. Sans crier gare, il a fondu en larmes. Il hoquetait de chagrin. Une vraie crise nerveuse. Puis il s'est rué sur la porte et a décampé. Dominique a essayé de le retenir, en vain.

— Ramenez-le, a commandé monsieur Raymond.

Dominique s'est élancé à la poursuite de Félix. Dans le vestiaire régnait désormais un silence de plomb. Fabrice a résumé le sentiment général :

— Joe disparu, Félix en fuite, je vous fais un dessin ?

Il n'y avait rien à ajouter. La catastrophe tenait dans cette simple phrase : sans gardien, nous courions à la défaite.

— Félix va revenir, a affirmé le coach.

Oui, mais voilà : il ne revenait pas. Les minutes passaient, nous trompions l'attente en buvant jusqu'à plus soif, en décrassant nos chaussures, en serrant minutieusement nos lacets. Mais pas de Félix à l'horizon.

Tout espoir s'est envolé quand monsieur Raymond a déclaré :

— Bon... eh bien... il va être l'heure de rentrer sur le terrain. Je crois que l'un d'entre vous va devoir s'improviser goal le temps d'une mi-temps.

Il y a eu comme un flottement. Chacun pensait : « Pas moi. Surtout pas moi ! »

— Un volontaire ? a demandé le coach.

Il rêvait. Qui voudrait se charger d'une corvée pareille ?

— Moi, a dit Benoît d'une toute petite voix.

— T'es pas obligé, lui a rappelé Fabrice. Tu sais, personne ne t'en veut pour ton but contre ton camp. Tu n'as rien à te faire pardonner.

— Je sais ce que j'ai à faire. Et puis... t'as un autre nom à balancer ?

Monsieur Raymond a interrompu leur dialogue :

— Va vraiment falloir y aller, les garçons. Il n'y a plus une minute à perdre.

Le cœur lourd à la perspective de jouer sans gardien, nous nous sommes mis en ordre de bataille. Mais, au moment de quitter le vestiaire, la porte s'est brusquement ouverte sur... Félix ? Non. Sur Dominique ? Non plus. Sur l'arbitre ? Pas davantage.

La porte venait de s'ouvrir sur la surprise de la journée. Sur le coup de tonnerre de la semaine. La porte venait de s'ouvrir sur... Joe.

Il nous a adressé un beau sourire et ces quelques mots :

— Vous n'auriez pas vu mes gants, par hasard ?

Rien de plus. Nous nous sommes pressés autour de lui, mille questions se bousculaient sur nos lèvres, mais la priorité allait au football. Le match d'abord, les explications après.

La physionomie de la rencontre venait de changer du tout au tout. Avant le retour miraculeux de Joe, nous étions une équipe sans gardien qui traînait les pieds. À présent, nous montrions le visage d'un groupe conquérant, uni, dominateur.

Le résultat a été à la hauteur de notre joie de revoir Joe. C'est à croire que sa réapparition nous avait donné des ailes. Que son retour dans nos buts nous redonnait la confiance qui nous avait tant fait défaut. Les passes arrivaient au millimètre, les combinaisons s'enchaînaient comme à la parade. Même monsieur Raymond n'aboyait plus, c'est dire.

Les gars du FCM y perdaient leur latin. Eux qui avaient tellement maîtrisé leur sujet en première période étaient désormais largués, pris de vitesse, en retard sur la balle. Il n'y avait plus qu'une seule équipe sur le terrain. Nous. Et, sur le panneau d'affichage, ça tombait dru. Qu'on en juge :

Cinquante-deuxième minute : Nadir adresse un centre au deuxième poteau pour la tête de Drago. 2 à 2.

Cinquante-huitième minute : Stéphane, qui a remplacé Gus, se fait crocheter dans la surface de réparation. Penalty, transformé par Fabrice. 3 à 2.

Soixante-quinzième minute : Je lance Nadir dans l'axe. Il contrôle le ballon de la poitrine, talonne pour Drago qui ne laisse aucune chance au gardien adverse médusé. Notre plus beau but. 4 à 2.

Le score n'a plus bougé. Les filles ont quitté le stade avant la fin, dépitées. Mon bonheur a été total quand j'ai aperçu Félix, l'air apaisé, heureux de notre triomphe, assis sur le banc en compagnie de Dominique.

Pourtant, le match avançait trop lentement à mon goût. J'avais hâte d'interroger Joe, de lever le voile sur sa disparition. Chaque seconde me rapprochait de l'explication... mais que c'était long !

Enfin, l'arbitre a sifflé la fin de la rencontre... avant le terme prévu. Il y avait encore trois minutes de temps additionnel à jouer mais personne n'y tenait. 4 à 2, l'honneur était sauf. Pour nous. Je craignais la réaction de nos adversaires, leur violence. À ma stupéfaction, leur capitaine s'est jeté dans les bras de Joe. Il lui a fait :

— Comment tu vas depuis tout à l'heure ?

— Impeccable, a répondu Joe.

Et, se tournant vers moi :

— Martin, il faut que je te présente Michael.

J'ai marmonné :

— Hmm, je connaissais pas son prénom.

Mais je lui ai serré la main avant le coup d'envoi. Il m'a même offert un range-CD.

— Je sais, c'est moi qui suis à l'origine des cadeaux.

— Toi ?

— Je te raconte. Figure-toi que, lors de la bagarre, j'ai reconnu Michael. Je ne l'avais pas revu depuis que j'avais quitté sa famille.

— Sa famille ? Tu n'as pas toujours vécu en foyer ?

— Oh, tu sais, en tant qu'orphelin, aussi longtemps qu'on n'est pas adopté, on est trimballé de droite à gauche. Ce n'est pas toujours rose. Heureusement, j'ai quelques bons souvenirs. Par exemple avec les parents de Michael. Je n'ai jamais été aussi heureux que chez eux. Alors, tu penses, dès le lendemain de la baston, j'ai tout fait pour les retrouver. Je me suis confié à monsieur Raymond, qui en a parlé aux flics, qui les ont dénichés. Et, avec les responsables du club de Michael, on a monté ce match et cette opération séduction.

— T'aurais pu prévenir...

— Faut me comprendre. Monsieur Raymond m'a donné son feu vert pour que je m'installe dans mon ancienne famille le temps de notre séjour à La Grande-Course. J'y ai été si bien accueilli que je n'ai plus pensé à vous avertir et que j'ai carrément oublié le début du match.

— Alors... tu vas y rester jusqu'à samedi, dans ta famille ?

— Ben oui.

— La chance ! Toi, tu vas pouvoir manger à ta faim.

— Ah ça, j'en profite ! Mais je ne vous ai quand même pas abandonnés à votre triste sort. Regarde !

Il a tendu l'index vers le bord du terrain. Pendant que nous discutions, les partenaires de Michael avaient apporté des tables qu'ils avaient couvertes de gâteaux et de boissons. Fabrice était déjà en train de se goinfrer. Il était loin d'être le seul. La bouche pleine, il a questionné l'un de nos anciens ennemis :

— Chè chuper bon, chè quoi ?

— Je sais pas trop, un truc au chocolat.

Faudrait demander à ma mère, c'est elle qui l'a fait.

Des discussions comme celle-ci, il y en a eu tout autour de la table. Ces gars du FCM, nous les avions détestés. Nous les avions vaincus. Et voilà qu'en trois coups de cuiller de charlotte au chocolat, ils étaient devenus nos meilleurs amis. Décidément, le ventre a des pouvoirs incroyables...

En parlant de ventre, le mien s'est mis à gargouiller. Il réclamait sa part ! Joe a rigolé.

— Dépêche-toi de te servir avant que tout ait disparu.

Je me suis rué sur les desserts. Ils étaient trop bons. Je suis monté au paradis des gourmands... avant de redescendre brutalement sur Terre : mon maillot de capitaine était maculé de taches.

Martin, tu ne changeras jamais !

Dans la collection

GAGNE !

1. *En route pour la gloire*
2. *Deux places pour Martin*
3. *Martin hors jeu*
4. *Martin contre-attaque*
5. *Drôle de match !*
6. *À bas le nouveau !*
7. *Renvoyé !*
8. *Coup de blues !*
9. *Opération oxygène*

Cet ouvrage a été composé par
PCA - 44400 REZE

Impression réalisée sur Presse Offset par

BRODARD & TAUPIN

GROUPE CPI

La Flèche (Sarthe), le 06-10-2004
N° d'impression : 24310

Dépôt légal : octobre 2004

Imprimé en France

POCKET *jeunesse*

12, avenue d'Italie • 75627 PARIS Cedex 13

Tél. : 01.44.16.05.00